W9-AAL-216

POUR QUE TRIOMPHE LA VIE

Née à Leeds en Angleterre, Barbara Taylor Bradford vit désormais aux États-Unis, partageant son temps entre New York et le Connecticut. Depuis son premier roman, *L'Espace d'une vie*, en 1979, elle a publié quatorze best-sellers dont *À force d'aimer*, *Passions dangereuses* ou *Pouvoir d'une femme*.

BARBARA TAYLOR BRADFORD

Pour que triomphe la vie

ROMAN TRADUIT DE L'AMÉRICAIN PAR MICHEL GANSTEL

ALBIN MICHEL

Titre original :

HER OWN RULES

Pour Bob,
avec tout mon amour

Librairie Générale Française, 1987 pour la traduction française

Prologue

HIER

Assise sur un gros rocher dominant la rivière, les coudes sur les genoux et le menton dans les mains, la fillette contemplait les évolutions d'une famille de canards. Les jeux comiques des canetons, qui se poursuivaient en caquetant à grand bruit, faisaient briller de joie ses yeux verts et éclairaient d'un sourire son visage trop sérieux pour ses cinq ans.

Par cette belle journée d'août, aucun nuage ne venait déparer le bleu profond du ciel, où rayonnait en majesté le globe d'or du soleil. Tout était calme. Pas un brin d'herbe, pas une feuille ne frémissait sous la brise. On entendait dans le silence bourdonner une abeille autour des rosiers grimpants sur le vieux mur de brique. La rivière coulait avec un léger clapotis sur les galets de son lit.

Fascinée par le spectacle de la nature, la fillette gardait une immobilité absolue. Ce ne fut qu'en entendant son nom qu'elle lança un coup d'œil par-dessus son épaule, se leva d'un bond et partit en courant vers la jeune femme qui se tenait sur le seuil du cottage tout proche.

– Mari! Viens vite, ma chérie!

Il ne lui fallut qu'un instant pour pousser la grille de fer du vieux mur de brique et remonter l'allée vers sa mère qui lui tendait les bras. Elle s'y jeta si fort qu'elle faillit la faire tomber.

– Maman! Maman! Tu es rentrée!

La jeune femme serra sa fille sur sa poitrine en l'embrassant tendrement dans le cou.

– Je t'ai préparé une surprise pour ton goûter, Mari chérie. Mais je ne suis pas contente que tu ailles seule au bord de la rivière, ajouta-t-elle d'un ton faussement sévère. C'est trop dangereux, je te l'ai déjà dit.

– Oh! maman, je reste assise sur le gros rocher, il est très loin du bord! Et puis, Eunice m'a dit que je pouvais aller regarder les petits canards.

Avec un soupir agacé, la mère prit l'enfant par la main et entra. Dans un coin de la pièce, une jeune fille installée près de la fenêtre lisait un livre.

– Je ne veux pas que Mari aille seule à la rivière, Eunice. Elle pourrait glisser et tomber à l'eau sans même que vous vous en rendiez compte. Je vous l'ai déjà dit cent fois! M'écoutez-vous, au moins?

– Excusez-moi, madame Sanderson. Je ne la laisserai plus jamais sortir seule, c'est entendu.

– Je l'espère bien!

Réprimant son exaspération, Kate Sanderson remplit la bouilloire, alluma le réchaud à gaz. La jeune fille se leva en fermant son livre.

– Je peux partir, maintenant que vous êtes de retour, madame Sanderson ?

– Oui. Merci d'être venue, Eunice.

– Faut-il que je revienne demain ou pouvez-vous vous arranger sans moi ?

– Je m'arrangerai. Mais je compte sur vous vendredi matin, cela me rendrait un grand service.

– D'accord. Neuf heures, ça ira ?

Kate se força à sourire.

– Très bien. À vendredi.

Sur un salut désinvolte à la mère et à la fille, la jeune Eunice se retira.

– Monte te laver les mains à la salle de bains, Mari, lui dit sa mère. Il est l'heure de goûter.

La fillette obéit docilement et redescendit quelques instants plus tard à la cuisine, pièce spacieuse et rustique où mère et fille se tenaient le plus volontiers. Gaie et accueillante avec sa grande cheminée de pierre, ses fenêtres à petits carreaux, ses poutres apparentes et son sol carrelé qu'égayaient des tapis vivement colorés, la cuisine était toujours immaculée. Chaque objet était à sa place, la batterie de cuisine éblouissante, les rideaux fraîchement empesés. Kate Sanderson mettait toute sa fierté à faire de son modeste cottage un foyer chaleureux.

Le couvert était dressé sur la table de chêne couverte d'une nappe blanche. Mari grimpa sur une chaise et attendit en suivant des yeux sa mère qui allait et venait, apportait une assiette garnie de petits sandwiches, une autre de scones tout juste sortis du four, versait l'eau bouillante dans la vieille théière de grès – celle qui faisait le meilleur thé, aimait dire Kate.

Mari vouait à sa mère une adoration qui éclatait dans son regard. Mère et fille étaient inséparables : Mari souffrait d'être séparée de Kate, même pour de courtes absences, et Kate aimait son enfant plus qu'aucun être au monde. Pour Mari, le doux visage de Kate, le blond doré de sa chevelure et le bleu de ses yeux incarnaient toutes les perfections.

Kate finit de disposer leur collation sur la table et elles commencèrent à manger de grand appétit.

Mari était affamée. Négligente comme toujours, Eunice avait laissé brûler dans le four la tourte à la viande que Kate avait préparée pour leur déjeuner, de sorte que Mari et elle avaient dû se contenter de tartines de confiture et d'une pomme chacune. De son côté, Kate mourait de faim parce qu'elle n'avait pas déjeuné du tout. Ayant passé sa journée à courir les rues de la ville à la recherche d'un emploi, elle n'avait eu ni le temps ni l'envie de s'arrêter dans un snack-bar grignoter un sandwich insipide.

Son dernier entretien de la journée, juste avant de rentrer chez elle, ravivait toutefois ses espoirs. Elle avait sympathisé avec la directrice d'une élégante boutique de mode, qui cherchait une vendeuse qualifiée et lui avait demandé de revenir le surlendemain matin, vendredi, afin de rencontrer le propriétaire. Rien de sûr encore, mais c'était bon signe. Kate croisait les doigts en priant que la chance se décide enfin à lui sourire.

Aussi est-ce d'un cœur plus léger qu'elle se leva de table pour aller à l'office, d'où elle revint chargée d'un compotier de fraises et d'une jatte de crème. Le sourire ravi de la fillette finit de dissiper ses soucis.

– Oh maman ! Des fraises à la crème !

– Oui, ma chérie, dit-elle en déposant une généreuse portion dans l'assiette de Mari. Je t'avais bien dit qu'il y aurait une surprise.

– Mais les surprises sont pour les grandes occasions, maman. C'en est une aujourd'hui ?

– Peut-être, nous verrons. De toute façon, ajouta-t-elle en voyant l'expression perplexe sur le visage de sa fille, on peut aussi se faire une surprise un jour ordinaire. Comme cela, elle est encore meilleure, tu ne crois pas ?

– Oh si, maman !

Et elles pouffèrent de rire à l'unisson.

Le climat de l'Angleterre réserve lui aussi des surprises. C'est ainsi que la chaude journée estivale se termina par une soirée pluvieuse et fraîche.

Une bruine tenace tombait depuis six heures du soir. La brume qui montait de la rivière engloutissait peu à peu les prés et les champs autour du cottage en donnant aux arbres et aux haies des allures fantomatiques. Pour une fois, contente de se glisser dans son lit bien chaud, Mari monta se coucher sans se faire prier.

Assise au bord du lit, Kate arrangea l'oreiller et borda les couvertures.

– Raconte-moi une histoire, maman !

– Pourquoi pas plutôt un poème ? Tu me dis tout le temps que tu aimes la poésie.

– Alors, dis-moi celui du magicien.

– Tu veux dire *La Boutique magique*, ma chérie ? dit Kate en relevant une mèche sur le front de la fillette.

– Oui, celui-là !

De sa voix mélodieuse, Kate commença à réciter :

Le magicien dans sa boutique
Vend des cadeaux magiques,
Des objets qu'on ne voit
Qu'en les nommant à haute voix.
Le coude d'une rivière,
Une douzaine de rayons de lune,
L'œil de la nuit qu'on ne ferme pas.
Le frémissement d'une feuille,
Une mémoire d'éléphant,
La lumière d'un ver luisant,
Un beau rêve oublié,
La mousse d'une pierre qui roule,
Une tasse de rosée du matin,
Une poignée d'heures creuses.
Mais, surprise des surprises,
Jamais il ne vous donnera
Jamais non plus il ne vendra
Une aiguille sans son chas,

Car il n'y a rien de pareil
Dans sa boutique des merveilles.

– Merci, maman ! s'écria Mari. C'est mon préféré.

Avec un sourire attendri, Kate lissa de nouveau la mèche rebelle et posa un baiser sur le bout du petit nez.

– Je sais, ma chérie. Tu as eu aujourd'hui beaucoup de choses que tu aimes. Maintenant, il est grand temps de dormir. As-tu dit ta prière ?

– Pas encore.

– N'oublie jamais de dire ta prière avant de te coucher, ma chérie. Je dis la mienne tous les soirs depuis que j'ai ton âge.

Mari s'agenouilla sur son lit, les mains jointes et les yeux clos. Un instant plus tard, elle se signa et rouvrit les yeux.

– Je suis une bonne petite fille, n'est-ce pas, maman ?

– Oui, ma chérie, répondit Kate en souriant. Tu seras toujours la meilleure si tu restes bien sage.

Elle prit Mari dans ses bras, Mari serra le cou de sa mère entre les siens. Blottie l'une contre l'autre, elles se séparèrent à regret. Kate arrangea les couvertures, donna un dernier baiser à sa fille.

– Dieu te bénisse, Mari chérie. Fais de beaux rêves. Je t'aime de tout mon cœur.

– Moi aussi, maman, je t'aime de tout mon cœur.

Les chauds rayons de soleil qui lui caressaient le visage réveillèrent Mari le lendemain matin. Le crachin et la brume de la veille s'étaient dissipés pendant la nuit. Éblouie, Mari s'assit dans son lit en clignant des yeux.

Ayant depuis peu appris à lire l'heure, elle regarda le cadran du réveil sur sa table de chevet et constata avec étonnement qu'il était près de neuf heures. D'habitude, sa mère était levée depuis longtemps et la réveillait dès huit heures pour descendre prendre son petit déjeuner.

Mari pensa que sa mère, fatiguée, faisait la grasse matinée. Elle alla dans sa chambre de l'autre côté du palier, mais le lit était vide. Elle descendit à la cuisine et, en n'y voyant pas sa mère, sa surprise redoubla. Puis, s'étant avancée de quelques pas dans la pièce, elle la découvrit étendue par terre près du fourneau.

– Maman ! Maman !

Mari contourna la table en courant. Inerte, les yeux clos, Kate était plus blanche que la nappe. Mari vit des taches de sang sur sa chemise de nuit et se figea sur place, paralysée par la peur. Au bout d'un moment, elle eut le courage de s'accroupir près de Kate et de lui prendre la main, qu'elle sentit glacée.

– Maman ! gémit-elle. Maman, tu es malade ?

Kate ne répondit pas. Mari lui toucha la joue : elle était aussi froide que sa main.

Pendant quelques instants, l'enfant lui caressa les joues, lui tapota les mains dans l'espoir de la sortir de sa léthargie. En vain. Les yeux pleins de larmes, ne sachant que faire, Mari sentait la terreur monter en elle quand elle se souvint de ce que sa mère lui avait souvent dit : « S'il arrivait quelque chose de grave pendant que je ne suis pas là, va chercher le constable O'Shea. Il t'aidera. » C'était exactement ce qu'elle devait faire.

Surmontant sa répugnance à laisser sa mère seule, Mari résolut d'aller à la guérite de la grand-route, où le constable O'Shea montait la garde. Elle se débarbouilla à la hâte, s'habilla avec les vêtements qu'elle portait la veille et boucla ses sandales. En repassant par la cuisine, elle s'arrêta un instant près de Kate, toujours inerte et blanche comme une morte. De plus en plus angoissée, Mari partit en courant le long du sentier bordé d'arbres qui reliait le cottage isolé à la grand-route, où la guérite se dressait au carrefour de la prochaine route secondaire.

De couleur bleu marine, assez grandes pour abriter deux hommes en cas de besoin, ces guérites étaient la providence des policiers à la campagne ou aux environs des villes. Pourvues du téléphone, de l'eau courante et d'un réchaud à gaz, elles permettaient aux constables en patrouille de se préparer une tasse de thé chaud, de manger un sandwich, de rédiger un rapport et de téléphoner au poste principal pour requérir des renforts éventuels. Les *Bobbies* n'auraient pu s'en passer, surtout quand ils étaient de service la nuit ou par mauvais temps – ce qui était souvent le cas.

En arrivant à la guérite, Mari – elle avait

couru si vite – était hors d'haleine. Heureusement, le constable O'Shea était à son poste ce matin-là. Il saura quoi faire pour m'aider, pensa Mari avec soulagement.

Le policier faisait les cent pas en fumant une cigarette. Il l'écrasa sous sa semelle et se pencha vers Mari, dont le désarroi le frappa aussitôt.

– Que se passe-t-il, ma petite Mari ? demanda-t-il en lui prenant la main.

– C'est maman. Elle est couchée par terre dans la cuisine, je ne peux pas la réveiller. Et puis, il y a du sang sur sa chemise de nuit.

Incapable de se dominer davantage, Mari fondit en larmes.

Le constable connaissait la fillette depuis sa naissance. Il savait qu'elle était sérieuse, bien élevée, pas du genre à perdre la tête sans raison ni à exagérer, encore moins à faire de mauvaises plaisanteries. Son chagrin, son angoisse étaient trop évidents et trop sincères pour douter qu'il s'était réellement passé quelque chose de grave au cottage de Kate Sanderson.

– Attends une minute, Mari.

Après avoir téléphoné au poste de police pour demander une ambulance de toute urgence, il referma la porte derrière lui et prit Mari dans ses bras.

– Viens, ma chérie, ne t'inquiète pas, dit-il d'un ton rassurant. Nous allons voir chez toi comment va ta maman et je suis sûr que tout finira par s'arranger.

– Mais ma maman est morte ! s'écria Mari en sanglotant de plus belle. Ma maman est morte.

Première Partie

AUJOURD'HUI

1

Debout derrière la grande baie vitrée de son bureau, Meredith Stratton ne pouvait détacher les yeux de ce qu'elle voyait. Déjà spectaculaire en temps normal, le panorama de Manhattan était plus extraordinaire que jamais en cette soirée du début janvier 1995. Le ciel était d'une clarté et d'une limpidité si exceptionnelles que les étoiles y scintillaient comme dans un écrin de velours noir. Rien n'y manquait, pas même la pleine lune! Un décorateur de Hollywood n'aurait pas fait mieux, se disait Meredith.

Si elle savait que l'homme ne pouvait rivaliser avec la nature, Meredith devait toutefois admettre que l'architecture de la ville offrait à elle seule un spectacle féerique. L'Empire State Building arborait encore ses guirlandes rouges et vertes de Noël, des projecteurs dessinaient dans le ciel la silhouette effilée du Chrysler Building et de sa flèche Arts déco. Tout autour, les gratte-ciel illuminés semblaient se presser en un cortège de courtisans richement parés pour honorer ces deux personnages royaux.

– Décidément, dit Meredith à haute voix, New York n'a pas son pareil au monde.

– Rien de plus vrai, fit une voix derrière elle.

Meredith sursauta. Amy Brandt, son assistante, se tenait sur le seuil de la pièce.

– Vous m'avez fait peur ! s'exclama Meredith en souriant. On n'arrive pas comme cela sans bruit dans le dos des gens. Venez voir, Amy. Ce soir, la vue a de quoi couper le souffle.

Aussi petite et brune que Meredith était grande et blonde, Amy rejoignit sa patronne dont la stature l'intimidait parfois. Mais comme Meredith affectionnait les talons hauts et dominait d'une tête la plupart des gens, y compris beaucoup d'hommes, Amy se consolait de n'être pas la seule à se sentir un peu écrasée.

Les deux femmes restèrent quelques instants à la fenêtre avant de revenir prendre place au bureau de Meredith.

– J'ai juste deux ou trois choses à voir avec vous, Amy, dit Meredith en jetant un coup d'œil à sa montre. Grands dieux, déjà sept heures ! Désolée de vous avoir retenue aussi tard.

– Pas de problème. D'ailleurs, vous allez partir une semaine, je profiterai de votre absence pour me reposer.

– Vous reposer, vous ? dit Meredith en pouffant de rire. Ce serait le miracle du siècle ! Vous êtes une intoxiquée du travail, Amy.

– Parlez plutôt pour vous, madame le Boss. Je vous décernerais la palme dans cette catégorie.

En riant, Meredith ouvrit le premier dossier d'une pile posée devant elle sur son bureau.

– Je serai absente plus d'une semaine, Amy. Au moins deux, peut-être davantage. Un programme chargé m'attend à Londres et surtout à Paris. Agnès s'est mis en tête d'acheter ce manoir de Montfort-l'Amaury. Vous la connaissez, impossible de l'en faire démordre. Je dois étudier l'affaire de très près avec elle.

– D'après les photos qu'elle a envoyées, la propriété a l'air superbe, tout à fait ce qui nous convient. Auriez-vous décidé de ne pas donner suite ?

– Non, loin de là ! Cette propriété convient parfaitement à Havens Inc., vous avez raison. Je m'inquiète seulement de l'investissement nécessaire pour aménager cette vieille demeure en hôtel confortable, aux normes qu'exige notre clientèle. Tout le problème est là. Agnès n'a que de vagues notions de rentabilité et le coût des salles de bains modernes est le cadet de ses soucis. J'ai bien peur qu'elle n'ait jamais l'esprit pratique.

– Pratique, peut-être pas, mais créatif, sûrement si. Surtout pour le marketing.

– C'est vrai. Mais je me retrouve les trois quarts du temps avec les problèmes de plomberie sur les bras.

– Parlez plutôt de la décoration, Meredith. Vous adorez décorer les hôtels, y imprimer chaque fois votre touche personnelle, jusqu'aux plus petits détails.

– J'y prends plaisir, je l'avoue volontiers, ce

qui ne m'empêche pas de me soucier des prix de revient, en ce moment plus que jamais. Agnès ne peut plus investir un sou pour l'acquisition de la maison et les travaux de modernisation. Même chose avec Patsy en Angleterre. Il va donc falloir trouver les capitaux par mes propres moyens, mais ce n'est pas ce qui m'inquiète le plus. J'y arriverai.

Ignorant jusqu'alors que Meredith allait devoir assurer seule le financement de ces nouveaux projets, Amy crut détecter dans sa voix une touche d'inquiétude.

– Tenez-vous vraiment à poursuivre l'expansion en Europe ? demanda-t-elle avec prudence.

– Oui, tout à fait ! Ces acquisitions sont indispensables sans, pour autant, faire démesurément grandir l'entreprise. Six hôtels représentent un chiffre raisonnable. Du moment qu'Agnès et Patsy s'occupent de la France et de l'Angleterre, je suis capable de les gérer sans problème.

– Six ? s'étonna Amy. Quelque chose m'échappe. Avec ces deux nouveaux en Europe, Havens Inc. possédera sept hôtels, en comptant les trois des États-Unis. Envisageriez-vous d'en vendre un ?

– En effet, admit Meredith. Depuis un certain temps.

– Silver Lake Inn est le plus rentable des trois, observa Amy. C'est celui qui rapporterait le plus.

Meredith faillit sursauter, comme sous l'effet d'un coup de poignard. Henry Raphaelson, son banquier et ami, lui avait dit exactement la même chose pendant qu'ils déjeunaient ensemble la semaine précédente.

– Jamais je ne vendrai Silver Lake, dit-elle, répétant mot à mot ce qu'elle avait répondu à Henry.

– Bien sûr, je vous comprends.

Non, vous ne pouvez pas comprendre ! s'abstint de répliquer Meredith. Les yeux baissés pour dissimuler son trouble, elle feignit de s'absorber dans l'étude d'un devis.

En réalité, aucun chiffre ne retenait son attention, elle ne pensait qu'à Silver Lake. Nul au monde ne savait ce que ce lieu représentait pour elle, pas même sa fille et son fils, qui pourtant y étaient nés. Silver Lake avait toujours été son véritable foyer, le seul refuge qu'elle eût jamais connu. Jack et Amelia Silver, qui en étaient propriétaires à l'époque, avaient été et resteraient à jamais sa seule vraie famille. Les seuls de toute sa vie à lui manifester de la bonté. Ils l'avaient aimée et choyée comme une jeune sœur, aidée à cultiver sa personnalité, à développer ses dons. C'est d'eux et d'eux seuls qu'elle avait appris ce que sont des vertus telles que l'honnêteté, la dignité, le courage.

Jack et Amelia, les premiers êtres qui lui aient inspiré un amour réel et sincère. Avant eux, elle n'avait eu personne à aimer – sauf peut-être Spin, le petit chien auquel elle s'était attachée faute de mieux. Silver Lake faisait partie intégrante d'elle-même. Jamais, sous aucun prétexte, elle ne pourrait s'en séparer. Autant lui arracher son âme, pensa Meredith qui se résolut enfin à relever les yeux.

– J'ai un acheteur en vue pour Hilltops, parvint-elle à dire calmement. C'est pourquoi j'ai décidé de partir ce soir pour le Connecticut.

– Pourquoi pas Fern Spindle, dans le Vermont ? Vous en tireriez sans doute un meilleur prix.

– La propriété par elle-même a plus de valeur, c'est vrai, mais à condition que quelqu'un veuille l'acheter, ce qui n'est pas le cas. Pour revenir à ce que je disais, Blanche est prévenue de mon arrivée mais je coucherai à l'hôtel, inutile de lui faire rouvrir la maison pour une nuit. Jonas me conduira demain matin à Sharon rencontrer les acquéreurs éventuels. Je reviendrai ensuite directement en ville et je prendrai l'avion pour Londres samedi matin, comme prévu. Voilà le courrier signé et les chèques pour Lois, poursuivit-elle en prenant un parapheur qu'elle tendit à Amy. Je crois que nous avons tout vu ?

– Pas tout à fait, dit Amy en souriant. Vous avez reçu un message sur *e-mail*.

Meredith se tourna vers son ordinateur, fit quelques clic de souris et se pencha pour lire l'écran :

Jeudi 5 janvier 1995
Salut, m'man. Merci pour le chèque. Ça aide.
Super-bon voyage. Rapporte plein de blé.
Tonnes de grosses bises. Jon.

28

Meredith éclata de rire :

– Il a vraiment un style... particulier !

Jonathan, son fils, avait toujours su l'amuser. À vingt et un ans, il remplissait tous les espoirs qu'elle avait mis en lui. Comme sa sœur. Dans ce domaine, elle avait de la chance. Beaucoup de chance.

Une fois seule, Meredith étudia avec plus d'attention les chiffres communiqués par son associée française. Elle connaissait trop bien Agnès pour s'étonner de les juger peu réalistes sur certains postes, mais elle n'aurait pas trop de mal, sur place, à les ramener à de plus justes proportions.

Depuis huit ans, Meredith et Agnès d'Auberville n'avaient qu'à se louer de leur partenariat. Elles s'entendaient bien sur le plan personnel, leurs qualités se complétaient et s'équilibraient. Le réel talent d'Agnès pour la promotion et les relations publiques avait assuré le succès du lancement de leur mini-chaîne d'hôtels. Elle dirigeait le bureau de Paris de Havens Inc. et supervisait la gestion de leur château-hôtel dans le Val de Loire. Si elle se trouvait hors d'état de participer financièrement à l'acquisition du manoir de Montfort-l'Amaury, Agnès la recommandait toutefois avec chaleur. « Tu ne le regretteras pas, Meredith, c'est un investissement de premier ordre », avait-elle répété au cours de leur dernière conversation téléphonique ce matin-là.

Meredith en était elle-même persuadée. Un

château-hôtel de charme à cinquante kilomètres de Paris, dans un village célèbre et pittoresque proche de Versailles et de la forêt de Rambouillet, ne pouvait que dégager une forte rentabilité, surtout si on lui adjoignait un restaurant de grande classe. Agnès avait même déjà pris contact avec un chef réputé et un architecte prestigieux, capable de transformer un manoir quelque peu décrépit en une luxueuse hôtellerie, pourvue des derniers raffinements du confort moderne.

Patsy Canton, son associée anglaise depuis dix ans, était de son côté tombée par hasard sur deux affaires à vendre qu'elle jugeait des plus prometteuses. L'une était située à Keswick, ville qualifiée de « Perle du district des Lacs », l'autre dans le Yorkshire, à une portée d'arquebuse de York et de Ripon, dont les cathédrales et les quartiers anciens justement célèbres attiraient un flot constant de visiteurs étrangers. Ces deux établissements jouissaient d'une réputation bien établie et de bénéfices respectables.

De même qu'Agnès à Paris, Patsy dirigeait le bureau de Londres de Havens Inc. et chapeautait leur Hostellerie de Haddon Fields, dans les Cotswolds. Malheureusement, comme Agnès, Patsy n'avait plus d'argent disponible après avoir investi toutes ses économies dans le capital de Havens Inc. et l'acquisition de Haddon Fields.

L'évocation des problèmes qu'elle allait affronter arracha à Meredith un soupir, mais sa nature optimiste reprit vite le dessus. Ces problèmes n'avaient rien d'insurmontable et, à terme, les deux nouveaux hôtels européens se révéleraient rentables. Elle seule avait misé sur l'expansion, elle seule devrait la mener à bien. Actionnaire majoritaire et directrice générale de la société, c'était elle, en fin de compte, qui en était responsable.

Elle savait depuis le début de la semaine que la banque de Henry Raphaelson avancerait les capitaux nécessaires aux nouvelles acquisitions. Havens Inc. apporterait en garantie les établissements dont la société était déjà propriétaire – à la notable exception de Silver Lake. Meredith avait fait taire les réticences que cette condition inspirait à Henry en le convainquant que la vente de Hilltops serait bientôt conclue. Et puis, avec un peu de chance, Elizabeth et Philip Morrison, les acquéreurs, se décideraient peut-être dès le lendemain. Toujours prévoir le meilleur, se dit-elle en se levant pour aller chercher son porte-documents posé sur une console à l'autre bout de la pièce.

Avec sa démarche pleine de grâce et de vivacité et sa silhouette à faire pâlir d'envie bien des *top-models* dont elle avait la haute taille, Meredith Stratton ne paraissait pas ses quarante-quatre ans. Elle le devait autant à sa vitalité qu'à son visage, aux traits anguleux mais harmonieux, resté juvénile sous ses courts cheveux blonds, et à l'éclat de ses yeux verts. Son charme naturel, sa personnalité énergique et chaleureuse séduisaient tous ceux qui l'approchaient. Elle ne laissait personne indifférent et nul ne pouvait l'oublier après l'avoir rencontrée ne serait-ce qu'une fois.

Revenue à son bureau, une simple dalle de verre posée sur deux tréteaux chromés, elle fourra dans le porte-documents les dossiers sur lesquels elle avait travaillé pendant la journée. Puis, avant de partir, elle décrocha le téléphone et composa le numéro de sa fille.

– Bonsoir, maman! s'écria Catherine avec une joie évidente. Tout va bien?

– Plutôt, oui. Je pars samedi pour Londres et Paris.

– Veinarde! Je peux t'accompagner?

– Bien sûr, ma chérie. Tu sais bien quel plaisir cela me ferait.

– Je sais, maman. Je ne demanderais pas mieux que de faire l'école buissonnière avec toi, mais c'est malheureusement impossible. Je dois finir les illustrations d'un nouveau livre pour enfants et j'ai plusieurs maquettes de couverture en cours d'étude. Mais on peut toujours rêver, n'est-ce pas?

– Je suis ravie de savoir que ton travail marche aussi bien. En tout cas, si tu changeais d'avis, demande à Amy de prendre ton billet d'avion. Je serais si contente que tu me rejoignes! À part cela, comment va Keith?

Un long soupir résonna dans l'écouteur.

– Il est… fabuleux!

– Tu as l'air heureuse, ma chérie.

– Mieux que ça, maman! Je suis folle de lui.

– Cela devient sérieux, entre vous?

– Très! Il veut m'épouser.

Désarçonnée, Meredith garda le silence.

– Maman ! Tu es toujours là ?

– Oui, ma chérie.

– Tu es d'accord, au moins ?

– Bien sûr, voyons ! J'aime beaucoup Keith, tu le sais, mais tu me prends au dépourvu. Vous ne vous connaissez pas depuis très longtemps et...

– Six mois ! C'est largement suffisant, non ?

– Puisque tu le dis.

– Keith et moi avons eu le coup de foudre dès notre première rencontre. Ça s'est passé comme cela entre mon père et toi ?

Meredith hésita un instant.

– Pas vraiment, Cat... Peut-être que si, après tout. Sauf que nous avons mis longtemps à l'admettre.

– Vous ne pouviez pas faire autrement, compte tenu des circonstances. Au fond, ce devait être dur pour vous deux.

– Pas du tout, si bizarre que cela puisse paraître. Mais c'est une vieille histoire, nous n'allons pas nous y replonger maintenant.

– Et avec David ? Pas de coup de foudre non plus ?

Pour la première fois depuis des années, Meredith repensa au père de Jonathan.

– Non, répondit-elle. Nous nous aimions, bien sûr, mais ce n'était pas de l'amour fou.

– Je m'en doutais depuis toujours. En tout cas, entre Keith et moi, il s'agit bel et bien d'amour fou et je n'hésiterai pas un cinquième de seconde quand il me demandera de l'épouser. Tu es vraiment d'accord, n'est-ce pas, maman ?

– Tout à fait, ma chérie. Et s'il te pose la question pendant que je serai à Paris ou à Londres, je compte sur toi pour m'en avertir sur-le-champ.

– Dans la minute qui suivra ! Et tu te retrouveras grand-mère avant d'avoir eu le temps de te retourner ! ajouta Catherine en pouffant de rire.

– Tu n'es pas enceinte, au moins ?

– Bien sûr que non, voyons ! Je tiens seulement à avoir des enfants avant de devenir trop vieille.

Meredith ne put retenir un éclat de rire.

– Trop vieille ? Tu as à peine vingt-cinq ans !

– Je sais, mais je veux quand même avoir des enfants quand je suis encore jeune. Comme toi.

– Tu as un tempérament de mère poule depuis que tu es toute petite, c'est vrai. Mais il faut que je te quitte. Jonas m'attend pour me conduire à Silver Lake. J'ai une réunion à Hilltops demain matin, je serai de retour demain soir. Si tu as besoin de moi, laisse un message à Amy. Bonsoir, Cat chérie. Je t'aime.

– Je t'aime aussi, maman. À demain.

Après avoir raccroché, Meredith resta assise quelques instants en pensant à sa fille. Keith Pearson allait donc bientôt poser la « question de confiance », le mariage aurait lieu dans l'année. Catherine serait la plus ravissante des mariées et elle lui offrirait le plus mémorable des mariages.

Pensive, Meredith retourna à la fenêtre contempler le paysage illuminé de Manhattan. New York, murmura-t-elle. Que c'est loin de Sydney et de l'Australie. Quel chemin parcouru, combien d'obstacles surmontés. J'ai réussi à infléchir du tout au tout le cours de ma terrible existence, à me bâtir une nouvelle vie. À me servir de ma peine et de mes épreuves pour en faire les fondations de ma citadelle, comme les Vénitiens ont édifié leur ville sur des pieux enfoncés dans le sable. Et tout cela, par moi-même. Non, pas entièrement. Sans l'aide de Jack et d'Amelia, je n'y serais sans doute pas parvenue.

Elle se retourna, balaya du regard son élégant bureau dont le décor raffiné était plus digne d'un salon que d'un lieu de travail. Pour la première fois, elle le vit avec une lucidité objective et se demanda comment le jugeraient Jack et Amelia. Ce qu'ils penseraient, surtout, de tout ce qu'elle avait accompli.

La gorge nouée par l'émotion, elle revint s'asseoir à son bureau devant les deux photographies dans leurs cadres d'argent qu'elle gardait toujours sous les yeux.

L'une représentait Catherine et Jonathan enfants. Cat avait douze ans, Jon huit. Qu'ils étaient beaux, joyeux, insouciants !

Sur l'autre, elle se tenait entre Jack et Amelia, si jeune, si blonde, si bronzée, si naturelle.

Elle avait tout juste vingt et un ans quand cette photo avait été prise à Silver Lake.

Oui, Jack et Amelia seraient fiers de moi, se dit-elle. C'est à eux, après tout, que je dois d'être devenue ce que je suis. En un sens, c'est eux qui m'ont créée. Ils étaient, ils resteront toujours le meilleur de moi-même.

2

Chacun de ses retours à Silver Lake éveillait en Meredith la même émotion. Qu'elle s'en soit tenue éloignée des mois, une semaine ou quelques jours à peine, elle sentait monter en elle le sentiment de plénitude, le bonheur de l'exilé qui rentre enfin chez lui.

Il en allait de même ce soir-là.

Après avoir franchi la grille marquant la limite du vaste domaine, Jonas engagea lentement la voiture dans la longue avenue menant au lac, à la résidence et aux autres bâtiments groupés sur la rive. Pete avait fait dégager la chaussée au bulldozer. De chaque côté, la neige formait de hauts talus immaculés alors que dans le bois, chassée par le vent, elle s'accumulait en monticules ressemblant à des dunes de sable et faisait plier sous son poids les branches des arbres. À la lumière de la lune, le paysage scintillait comme s'il avait été saupoudré de poussière d'argent.

Son habit hivernal donnait à la contrée un aspect féerique, mais Meredith savait qu'elle était aussi belle en toutes saisons. Dès la première fois, elle avait été frappée par la majestueuse beauté de Silver Lake sous le soleil printanier. Luisant comme un miroir, bordé de prés et de vergers luxuriants, le lac lui était apparu tel un joyau, enchâssé dans le cirque vert sombre des collines boisées qui protégeaient le domaine des vents les plus froids.

Au premier regard, Meredith en était tombée amoureuse et, depuis, lui vouait une passion qui s'était renforcée avec le temps. Je n'avais alors que dix-huit ans, se souvint-elle. Il y aura de cela vingt-six ans cette année, plus de la moitié de ma vie. Pourtant, tout reste aussi clair dans ma mémoire que si c'était hier.

Elle s'était présentée au poste de réceptionniste offert par une petite annonce dans le journal local. La famille américaine avec laquelle elle était venue de Sydney comme jeune fille au pair devait partir pour l'Afrique du Sud. Meredith ne souhaitait pas les y accompagner, encore moins regagner son Australie natale. Elle n'aspirait qu'à rester en Amérique, dans ce Connecticut qui l'avait séduite.

À la mi-mai, peu après son anniversaire, elle avait donc emprunté une bicyclette pour se rendre à Silver Lake, où elle était arrivée échevelée, les joues rougies par le vent et le soleil. Grande et maigre, dégingandée, gauche comme un poulain, mais fraîche et jolie, elle débordait de vitalité et, surtout, du désir de plaire et de se rendre utile, parce que sa nature était ainsi faite.

Un courant de sympathie mutuelle s'était immédiatement établi entre elle et les propriétaires de l'hôtel, Jack et Amelia Silver. Soucieux de la savoir seule aux États-Unis à son âge, ils s'étaient enquis de ce qu'en penserait sa famille en Australie. Lorsqu'elle leur eut appris que ses parents étaient morts, ils admirent sans difficulté que rien ne la rappelait aux antipodes et l'avaient engagée sur-le-champ.

C'est ainsi que s'étaient noués entre eux des rapports d'une qualité si exceptionnelle qu'ils allaient transformer le cours entier de son existence.

La résidence se profila enfin au bout de l'avenue et, d'instinct, Meredith se pencha en avant pour la voir. Les fenêtres éclairées paraissaient lui souhaiter la bienvenue. Elle eut soudain hâte d'y entrer, de retrouver Blanche et Pete, de se sentir à nouveau au cœur du cadre familier de ce lieu qu'elle aimait tant.

Jonas avait à peine stoppé que la porte s'ouvrit toute grande en projetant un rectangle de lumière sur le perron. Blanche et Pete apparurent. Meredith n'avait pas encore mis pied à terre que Pete dévalait déjà les marches à sa rencontre.

– Quelle joie de vous revoir, Meredith ! Vous arrivez tôt, vous avez bien roulé malgré la neige.

– J'étais impatiente d'être ici, Pete, dit-elle en lui donnant l'accolade. Jonas est le meilleur conducteur du monde.

– Rien de plus vrai. Bonsoir, Jonas. Je vais vous aider à porter les bagages de Mme Stratton.

– Ne vous dérangez pas, monsieur O'Brien, il n'y a presque rien à porter, ce soir.

Meredith courut embrasser Blanche en haut du perron.

– Quel bonheur d'être de retour, Blanche !

– Et quel plaisir de vous accueillir, Meredith, même pour une seule nuit.

– J'aurais bien voulu rester plus longtemps mais, comme je vous le disais au téléphone, je dois être en ville demain soir après mon rendez-vous à Hilltops.

Tout en parlant, les deux femmes entrèrent dans le hall où Meredith se débarrassa de sa grosse cape de laine grise.

– J'ai l'intuition que vous ferez affaire avec les Morrison, dit Blanche. Ils sont pressés de quitter New York et de changer de vie.

– Touchons du bois, rien n'est encore conclu !

– Je suis sûre qu'ils vous plairont. Ce sont des gens sympathiques, honnêtes et, surtout, ils sont déjà amoureux de cette partie du Connecticut.

– Qui n'aimerait pas cette région, c'est le pays du Bon Dieu... Tout est superbe ici, Blanche, ajouta Meredith en regardant autour d'elle.

– Merci, Meredith. Vous savez que j'aime cette maison autant que vous et que je m'en occupe de mon mieux. Mais vous devez mourir de faim! Si vous ne voulez pas d'un vrai repas à cette heure-ci, j'ai préparé des sandwiches au saumon fumé, du fromage, des fruits. Sans compter une marmite de potage aux légumes qui mijote sur le fourneau.

– Je me laisserai volontiers tenter par le potage, vous le faites si bien! Jonas doit être affamé, lui aussi, après cette longue route. Offrez-lui-en une assiette, et aussi des sandwiches.

– Bien sûr, c'était déjà prévu.

Pete entra à ce moment-là avec les bagages de Meredith.

– Jonas est parti mettre la voiture au garage. Je monte vos valises dans votre chambre, Meredith.

– Je vous ai préparé la suite Toile de Jouy, enchaîna Blanche, je sais que vous l'adorez. Voulez-vous que je vous y monte un plateau ou préférez-vous rester au bar?

– Je vais rester au bar, Blanche, répondit Meredith, je vois que vous avez allumé du feu dans la cheminée. Et je boirais bien quelque chose avant de manger. Vous me tiendrez compagnie?

– Avec plaisir. Mais laissez-moi d'abord préparer le plateau de Jonas, je vous rejoins dans cinq minutes.

Pendant que Blanche s'éclipsait par la porte de la cuisine, Meredith entra dans le petit salon aménagé en bar, qu'elle traversa jusqu'à la haute cheminée de pierre trônant à l'autre bout. Les flammes qui flambaient gaiement, la moquette rouge, les fauteuils et les canapés tapissés de velours aux larges rayures crème et écarlate rendaient la pièce chaleureuse et accueillante. Les rideaux de brocart encadrant les fenêtres à petits carreaux, les appliques de fer forgé aux abat-jour rouges et les boiseries de chêne lui conféraient une atmosphère masculine de club britannique que Meredith appréciait depuis toujours.

Passant derrière le bar de chêne en face des fenêtres, elle mit des glaçons dans deux verres et y versa une généreuse rasade de vodka. Les rondelles de citron vert déjà préparées sur une soucoupe lui tirèrent un sourire amusé : Blanche la connaissait par cœur ! Elle avait prévu que Meredith voudrait fêter son retour dans cette pièce – tout le monde s'y plaisait, il est vrai, et avait envie de s'attarder. Jack avait été bien inspiré d'y installer le bar.

Son verre à la main, Meredith alla se poster devant la cheminée, le dos au feu, en attendant le retour de Blanche. Elle est resplendissante, pensa Meredith avec affection. Quelques fils d'argent se sont glissés dans ses superbes cheveux roux, mais ses yeux noisette brillent plus que jamais et elle a gardé sa sveltesse de jeune fille.

Les deux femmes avaient le même âge et étaient amies depuis vingt-quatre ans. Engagée à Silver Lake deux ans après Meredith, Blanche avait débuté comme pâtissière. Bientôt promue chef de cuisine, elle avait régné sur les fourneaux jusqu'à son mariage avec Pete O'Brien, régisseur du domaine. À la naissance de leur fils Billy, Meredith, qui assurait déjà la direction de l'hôtel, lui avait offert de devenir son assistante, ce que Blanche avait accepté avec enthousiasme. Pete et elle dirigeaient désormais Silver Lake, qu'ils aimaient avec autant de passion que Meredith et dont ils prenaient soin comme si c'était la prunelle de leurs yeux.

L'arrivée de Blanche interrompit sa rêverie.

– Vous ne le croirez jamais, Meredith : nous sommes complets le prochain week-end ! C'est incroyable pour un mois de janvier, mais je ne m'en plains pas.

– Je ne trouve pas cela incroyable du tout. Beaucoup de gens aiment la campagne sous la neige et la réputation de Silver Lake n'est plus à faire – grâce à vous et à Pete. Je ne vous en remercierai jamais assez, Blanche.

– Nous adorons cette maison, vous le savez bien.

– Au fait, j'ai eu Catherine tout à l'heure au téléphone, elle m'a chargée de vous transmettre toute son affection.

– Vous lui rendrez la nôtre quand vous lui parlerez. Comment va-t-elle, ces temps-ci ?

– À merveille : débordée de travail et follement amoureuse.

– De Keith Pearson ?

– Oui. Vous étiez au courant ?

– C'est elle-même qui me l'a dit quand vous êtes venues ensemble pour Thanksgiving.

– J'ai l'impression que cela devient sérieux entre eux.

– Un mariage ? demanda Blanche avec un large sourire.

– Ma foi, j'en mettrais ma main à couper, répondit Meredith en riant.

– Il aura lieu ici, j'espère ?

– Le contraire serait impensable, Blanche ! Cat est née et a grandi ici. C'est l'endroit idéal.

– Je brûle d'impatience ! À Cat et à son mariage, dit Blanche en levant son verre.

Meredith l'imita – en se demandant toutefois si ce n'était pas tenter le sort que de porter un toast aussi longtemps à l'avance.

– Nous installerons des tentes sur la pelouse, déclara Blanche en regardant par la fenêtre.

– Pourquoi ? Cat voudra sûrement se marier en été.

– Je sais, mais vous connaissez le climat de la région. En juin, il peut pleuvoir du jour au lendemain, mieux vaut ne pas prendre de risques. Oh je vois déjà ça d'ici ! Et je lui composerai un menu inoubliable ! Laissez-moi faire.

Meredith éclata de rire.

– Soyez tranquille, Blanche, je ne demande pas mieux !

– Bien, dit-elle en buvant une gorgée de vodka. Au fait, Meredith, avez-vous des nouvelles de David ?

– David Layton ? s'étonna Meredith. Rarement, pour ne pas dire jamais. Pourquoi ?

– Je pensais à lui, c'est tout. Vous vous êtes mariés à Silver Lake et j'avais tout préparé aussi cette fois-là. L'auriez-vous oublié ?

– Non, bien sûr. C'est quand même bizarre

qu'un nom dont on ne parle qu'une fois tous les trente-six du mois surgisse deux fois dans la même journée.

– Qui d'autre vous en a parlé ?

– Catherine. Pendant notre conversation, tout à l'heure, elle m'a demandé si j'avais été amoureuse de lui.

– Et qu'avez-vous répondu ?

– La vérité : que je ne l'étais pas.

– C'est vrai. Son père était le seul homme que vous ayez jamais aimé.

Meredith garda le silence.

– Vous demandez-vous parfois, reprit Blanche, ce que votre vie serait devenue s'il n'était pas...

– Je préfère ne pas en parler ! l'interrompit sèchement Meredith. Excusez-moi, Blanche, poursuivit-elle d'un ton radouci. Je ne voulais pas montrer les dents, c'est juste que je n'ai pas envie d'y penser ce soir, voilà tout. J'ai eu une longue journée et je ne me sens pas d'humeur à évoquer les drames du passé.

– C'est à moi de m'excuser, Meredith, je n'aurais pas dû aborder le sujet. Vous voilà toute triste, maintenant.

– Mais non, pas du tout, je vous assure.

Blanche jugea prudent de changer de conversation.

– Pendant que j'y pense, il va falloir commander de nouvelles moquettes pour la suite Toile de Jouy et la chambre bleue. Il y a eu des fuites cet hiver, elles sont abîmées. Je suis désolée de vous apprendre qu'il y a aussi eu une fuite dans votre chambre, à la maison, je vous la montrerai demain. La moquette est irrécupérable, j'en ai bien peur.

– Ce n'est pas grave, Blanche. Nous savons d'expérience que ce genre de choses arrive – même après avoir fait refaire les toitures l'année dernière. J'appellerai Gary demain avant de partir. Il a toutes les données sur ordinateur, il trouvera sans peine le réassortiment.

Blanche reposa son verre et jeta un coup d'œil à sa montre.

– Allons, je parle, je parle et il se fait tard ! Je vais chercher votre plateau.

– Pas question ! dit Meredith en lui emboîtant le pas. Je préfère manger à la cuisine. Ce sera plus simple et plus intime. Et ça nous rappellera de bons souvenirs, n'est-ce pas ?

3

Hilltops, l'hôtel dont Meredith était propriétaire près de Sharon, se dressait au sommet d'une éminence dominant le lac Wononpakook. De toutes les fenêtres on découvrait à perte de vue un panorama spectaculaire de ciel, d'eau et de vallonnements boisés sans trace, ou presque, de la présence de l'homme. On pouvait se croire dans une nature encore vierge aux premiers temps de la Création.

La maison, fastueuse résidence d'été d'un

richissime industriel, avait été bâtie à grands frais à la fin des années trente. À sa mort en 1965, les héritiers l'avaient vendue à un hôtelier de qui Meredith l'avait acquise en 1981. La réputation de l'établissement était déjà bien établie, mais ce furent les luxueuses rénovations entreprises par Meredith et, surtout, la création de deux restaurants gastronomiques qui, depuis, lui assuraient une large renommée.

— On jurerait le lac Léman, ce matin, dit-elle en riant à Paul Ince, le directeur, qui l'accueillait.

— Nos collines n'ont pourtant pas la majesté des Alpes, répondit-il. Même en hiver.

En attendant les Morrison, ils admiraient le paysage d'une fenêtre de la bibliothèque.

— J'ai rarement vu autant de neige dans la région! Vos affaires n'ont pas trop souffert, si j'en crois les chiffres?

— Nous avons eu quelques problèmes. La semaine dernière, avant le passage des chasse-neige, toutes les routes étaient bloquées. J'ai même été forcé de fermer les restaurants deux ou trois jours. Mais la situation est rétablie et la météo ne prévoit plus de chutes de neige d'une telle importance.

— Et pour le week-end?

— Sur nos quinze chambres, douze sont déjà réservées et les deux restaurants affichent complet.

Il s'interrompit, comme s'il hésitait à poursuivre:

— Vous vendrez sans difficulté, Meredith, aux

Morrison ou à d'autres. C'est une affaire en or, vous le savez. Mais je tenais à vous dire que je vous regretterai. Personne ne pouvait rêver meilleur patron que vous.

– Merci, Paul, votre compliment me touche. Et je tiens moi aussi à vous dire combien j'ai été heureuse de travailler avec vous. C'est à vos efforts et à votre dévouement que l'hôtel doit sa réussite. Mais comme je vous l'ai déjà dit, je suis sûre que les Morrison vous garderont – si vous voulez rester, bien entendu.

– Je ne demanderais pas mieux. Ils y étaient d'ailleurs favorables quand je les ai vus la semaine dernière.

– Quelle impression vous ont-ils faite, Paul ? Avez-vous une idée de leurs intentions ?

– Ils sont très intéressés, Meredith. Comme je le disais l'autre jour encore à Blanche, Hilltops correspond à ce qu'ils cherchaient depuis plusieurs années pour échapper au stress de Wall Street et de Madison Avenue. Ils veulent sincèrement changer de carrière et changer de vie, pour eux comme pour leurs enfants.

– Je ne savais pas qu'ils avaient des enfants. Cela veut-il dire qu'ils voudront habiter votre cottage ?

– Non, sans doute pas. Mme Morrison m'a laissé entendre qu'ils garderaient leur maison de Lakeville. Et même s'ils voulaient s'installer au cottage, Anne et moi pourrions toujours passer quelque temps dans une des chambres pendant que l'appartement au-dessus du garage sera rénové.

– Bien entendu. Encore un peu de café ? dit Meredith en remplissant sa tasse.

– Volontiers.

Ils s'assirent face à face près de la cheminée. Au bout d'un moment, Meredith reprit la parole :

– Vous savez que je demande quatre millions de dollars pour l'hôtel et le terrain. Jusqu'à présent, je m'en suis tenue à cette somme mais, de vous à moi, je suis prête à descendre un peu pour conclure la vente. Qu'en pensez-vous ?

– C'est difficile à dire. À votre place, je resterais ferme pour évaluer leur réaction, mais je me préparerais à accepter une somme de l'ordre de, disons trois millions.

– Non, Paul, pas question de descendre aussi bas. Mes agents immobiliers ont même estimé Hilltops à quatre et demi et, de toute façon, j'ai besoin d'au moins trois millions et demi pour mon programme d'expansion. Les deux nouveaux hôtels en Europe représentent un gros investissement et j'aimerais qu'il reste quelque chose de cette vente pour alimenter la trésorerie de Havens Inc.

– Je sais. À mon avis, Meredith, les Morrison ont les moyens. Lui est depuis des années à Wall Street, elle est associée dans une des premières agences de publicité de Madison Avenue. De là à deviner le montant des capitaux dont ils disposent en réalité…

La réceptionniste l'interrompit en annonçant l'arrivée des visiteurs. Paul fit les présentations.

Puis, pendant que les deux hommes brisaient la glace en parlant du temps et de l'état des routes, Mme Morrison complimenta Meredith sur le charme de la maison et de la décoration.

– Merci, répondit Meredith. J'aime créer dans chacun de nos hôtels une atmosphère chaleureuse et intime où l'on se sente comme chez soi.

– Nous rêvions depuis longtemps d'investir dans un hôtel comme celui-ci. Le moment est venu, je crois, de sauter le pas, pendant que nous sommes encore assez jeunes pour élever nos enfants ailleurs qu'à New York. La ville devient de plus en plus violente et inhabitable.

– Je partage votre point de vue. J'ai moi-même élevé mes deux enfants dans le Connecticut et c'est une chance dont je me félicite. D'ailleurs, puisque vous connaissez vous-même la région depuis plusieurs années, vous savez qu'on y trouve quantité d'excellentes écoles et qu'elle offre un cadre idéal pour la vie de famille.

Elizabeth Morrison était sur le point de répondre quand son mari lui intima le silence d'un regard qui n'échappa pas à Meredith. À l'évidence, il craignait que sa femme manifeste un enthousiasme susceptible d'affaiblir sa position dans la négociation. Mais cela signifiait aussi qu'il était prêt à l'engager. Meredith s'empressa de lui en enlever l'initiative et attaqua de front :

– Je sais, monsieur Morrison, que votre femme et vous êtes venus visiter Hilltops à plusieurs reprises et que la maison vous plaît à tous les deux. La seule question qui se pose est donc la suivante : voulez-vous réellement l'acheter ?

– Oui, au juste prix – pour nous, cela va sans dire.

– Ce prix est de quatre millions de dollars. Je crois que mon avocat vous l'a déjà indiqué.

– En effet. Mais, comme je le lui ai dit, il est trop élevé pour moi.

– L'estimation officielle est pourtant supérieure : les experts immobiliers avancent la somme de quatre et demi, vous pouvez le vérifier auprès d'eux. Je suis cependant disposée à réduire mes prétentions. Si je ne devais pas financer rapidement de nouveaux investissements, je me tiendrais mordicus à ce dernier chiffre, croyez-moi.

– Je ne puis vous offrir plus de trois, nous ne disposons pas de davantage. N'est-ce pas, Liz ? ajouta-t-il en consultant sa femme du regard.

Étonnée de se trouver entraînée dans la discussion après avoir été réduite à y faire de la figuration, elle hésita avant de déclarer :

– C'est exact. Entre la vente de notre duplex à Manhattan, une hypothèque sur notre maison de Lakeville et la liquidation de notre portefeuille boursier, il nous est impossible de dégager plus de trois millions – et encore !

Pour éviter de répondre, Meredith affecta de boire son café et attendit la suite.

– Eh bien, madame Stratton ? insista Morrison. Le prix de trois millions vous convient-il ?

– Franchement, non. Comme je crois vous l'avoir déjà dit, je n'étais disposée à vendre Hilltops qu'à sa valeur réelle d'estimation, c'est-à-dire quatre millions et demi. Le bâtiment est dans un état impeccable. Tout a été refait à neuf ces dernières années, toiture, plomberie, électricité, sans parler des autres améliorations. La valeur du terrain est à elle seule considérable. Je n'ai baissé mon prix que sur l'avis de mes conseillers afin de conclure rapidement, mais je ne puis envisager de descendre au-dessous de quatre.

– Disons trois un quart, contra Morrison avec une intense expression de douleur. C'est un maximum.

Le marchandage se poursuivit ainsi une grande demi-heure, avec des pauses de part et d'autre, des échanges d'arguments imparables, de fausses ruptures et de vraies reprises. Finalement, Meredith se leva pour aller se poster devant la fenêtre et ne se retourna vers son interlocuteur qu'au bout d'une longue réflexion.

– Écoutez, monsieur Morrison, cessons de jouer au chat et à la souris. Vous voulez acheter, je veux vendre. Je suis donc prête à un compromis sur un prix moyen : trois millions et demi. C'est mon dernier mot.

Le silence retomba, pendant lequel les Morrison échangèrent des regards dubitatifs.

– J'aimerais pouvoir vous répondre par l'affirmative, madame Stratton, répondit enfin Morrison avec un profond soupir, mais je ne vois vraiment pas comment.

– C'est pourtant facile, rétorqua Meredith. Votre banque peut vous avancer le complément. Mieux encore, vous pouvez prendre une hypothèque sur l'hôtel.

Morrison garda le silence.

– Tenez, reprit Meredith, je peux même vous recommander à un banquier qui ne refusera certainement pas. J'ai de quoi le convaincre, il me doit des faveurs.

Cette fois, Philip Morrison mordit à l'hameçon :

– Vous croyez ?

– Sans aucun doute. Et je puis même faire mieux pour vous rendre service : mes conseillers juridiques prépareront eux-mêmes votre dossier, en étudiant avec vous des conditions de paiement qui vous soient favorables.

– Ce serait vraiment très aimable à vous, lâcha malgré elle Elizabeth Morrison.

– C'est la moindre des choses, voyons ! Je veux vendre, pas vous étrangler. De même que vous n'envisageriez pas un instant de me gruger d'un sou.

– Naturellement ! s'écria Elizabeth. Nous ne sommes pas du genre à profiter de la situation.

Un silence pensif s'ensuivit.

– De la manière dont vous la présentez, dit enfin Morrison, l'affaire est assez tentante, je l'avoue.

– Eh bien, ne résistez pas, monsieur Morrison ! Il faut parfois savoir se laisser tenter.

Tout en parlant, elle revint vers la cheminée et s'arrêta devant lui. Morrison se leva, Meredith lui tendit la main.

– Allons, finissons-en, dit-elle. C'est une bonne

affaire, croyez-moi. Autant pour vous que pour moi.

Après une légère hésitation, il prit la main tendue.

– Eh bien, soit, madame Stratton. Marché conclu. Trois millions et demi.

Elizabeth Morrison se leva à son tour et vint serrer la main de Meredith. Quant à Paul Ince, qui était sur des charbons ardents depuis le début de la discussion et se contentait d'y assister sans souffler mot, il félicita chaleureusement les protagonistes :

– Je crois que l'occasion mérite un toast. Allons au bar ouvrir une bouteille de dom pérignon !

– Mon cher Paul, dit Meredith, vos idées sont toujours excellentes, mais celle-ci est la meilleure de toutes.

Sur la route du retour, Meredith n'éprouva aucun regret de s'être séparée de Hilltops. Elle avait vendu l'hôtel au prix qu'elle s'était fixé, la somme lui permettrait d'assurer largement l'expansion de la société. Son objectif était atteint, elle avait tout lieu d'être satisfaite. En outre, les derniers détails avaient été réglés avant son départ : rendez-vous était pris entre les Morrison et ses conseillers juridiques afin de préparer les contrats ; au téléphone, Henry Raphaelson s'était montré disposé à assurer le financement. Elle pouvait donc réfléchir à d'autres sujets.

Et d'abord à son séjour en Angleterre et à l'acquisition d'un des deux hôtels repérés par Patsy Canton. Patsy l'avait invitée à déjeuner chez elle le dimanche, de manière qu'elles puissent examiner les affaires en cours et mettre au point leur déplacement sans perdre de temps. Elles avaient prévu de quitter Londres très tôt le lundi matin en voiture pour visiter l'hôtel du Lake District puis celui du Yorkshire. Toujours pour gagner du temps, Patsy lui avait aussi suggéré d'éviter de repasser par Londres et de prendre l'avion à Leeds ou à Manchester, d'où partaient de nombreux vols directs pour Paris. De ce côté-là, tout se présentait donc pour le mieux.

L'attitude de Patsy intriguait cependant Meredith. Lorsqu'elle lui avait demandé si elle avait une préférence pour l'un ou l'autre, Patsy avait énergiquement refusé de se prononcer : « C'est à toi seule de décider, Meredith. Je ne peux ni nc veux t'influencer, n'insiste pas. »

Meredith réfléchissait à cet étrange entêtement de son associée quand le souvenir de Reed Jamison et du dîner prévu avec lui le dimanche soir à Londres lui revint en mémoire. L'idée de le voir ne l'enchantait guère, pourtant il lui était impossible d'échapper à cette corvée si elle voulait rompre définitivement. Mais rompre quoi, au fond ? se demanda-t-elle. Il n'y avait jamais eu entre eux d'intimité ni de véritable liaison, même s'il prétendait le contraire.

Elle tenta de se rassurer en se disant que tout se passerait sans heurt, qu'il accepterait sa décision. Il n'était plus un enfant, après tout. En vain. Meredith savait en elle-même qu'elle s'illusionnait. La scène serait pénible à coup sûr.

À cette perspective, la satisfaction du devoir accompli s'évanouit pour faire place à l'appréhension. Une fois de plus, Reed Jamison lui gâchait sa journée.

4

– Tu te demandais l'autre jour, j'en suis sûre, pourquoi je m'entêtais à ne pas vouloir te donner mon avis sur ces deux hôtels, dit Patsy Canton.

– Entêtée, toi? répondit Meredith. Disons plutôt évasive.

– Ni l'un ni l'autre: prudente, tout simplement. Je ne voulais pas que tu arrives avec des idées préconçues, surtout venant de moi. Maintenant, je puis quand même te donner une sorte d'avant-goût. Ian, le propriétaire de Heronside, l'hôtel du lac Windermere, m'a envoyé une série de photos. Attends, je vais les chercher, dit-elle en traversant le salon de sa maison de Belgravia où Meredith et elle prenaient l'apéritif.

Presque aussi grande que Meredith, moins jolie que belle, Patsy était une femme qui approchait de la quarantaine. Elle avait des cheveux blonds bouclés, de beaux yeux gris pétillants d'intelligence et ce teint de lis dont seules les Anglaises peuvent s'enorgueillir.

Elle prit une grande enveloppe sur son bureau et revint s'asseoir près de Meredith.

– Ian a pris les photos lui-même entre le printemps et l'été dernier, dit-elle en lui tendant l'enveloppe. Il en est très fier.

– S'il a autant de talent pour l'hôtellerie que pour la photographie, commenta Meredith, il a de quoi l'être. En tout cas, Heronside a beaucoup de charme.

– N'est-ce pas ? Rien qu'en passant la porte, on se sent déjà dorloté. Les meubles anciens sont superbes et le parc est de toute beauté.

Meredith approuva d'un signe de tête en poursuivant son examen des photos. Elle s'arrêta longuement sur une vue du parc montrant la pelouse, parsemée de jonquilles, qui se détachait sur les eaux bleues du lac à l'arrière-plan.

– Regarde, Patsy. N'est-ce pas splendide ?

– Absolument. Cela me rappelle le poème de Wordsworth. T'en souviens-tu ?

– Euh... je ne crois pas, admit Meredith avec embarras.

– Mais si, tu le connais sûrement. Écoute :

> *J'errais tel un nuage solitaire*
> *Flottant par-dessus les vallons*
> *Quand je vis sur la rive du lac*
> *Se dérouler le riche tapis d'or*
> *Des jonquilles ondulant sous la brise.*

– C'est très beau.

– Tu ne l'as pas appris à l'école ?

– Non.

– Les derniers vers, surtout, sont mes préférés :

Et je sens mon cœur débordant de bonheur
Danser au rythme des jonquilles.

Meredith garda le silence un instant.

– J'ai déjà entendu ce poème, dit-elle pensivement, mais je ne me rappelle plus où ni quand.

Les sourcils froncés, elle s'efforça en vain de creuser sa mémoire, mais le vague souvenir ranimé par le poème refusa de se préciser. Sans rien remarquer, Patsy poursuivait sur sa lancée :

– Malheureusement, je ne peux pas te montrer de photos de Skell Garth, l'hôtel près de Ripon. Tu devras juger à froid en arrivant.

– Pas de problème. Il te plaît quand même ?

– Beaucoup, sinon je ne te traînerais pas jusque-là. Le site est splendide, pittoresque à souhait, et depuis l'hôtel on a une vue imprenable sur les ruines de l'abbaye de Fountains, les plus belles d'Angleterre. Je suis prête à parier que Skell Garth t'enthousiasmera.

– Skell Garth. Quel nom étrange.

– Pas tant que cela. Skell est le nom de la rivière qui traverse Ripon et coule au pied de l'abbaye. Garth est un mot de dialecte qui veut dire « champ ». On trouve aujourd'hui encore dans le Yorkshire de vieux paysans qui appellent leurs champs des *garths*.

– Autrement dit, ce nom signifie «Champ de la rivière Skell». C'est bien ça?

– On ne peut rien te cacher! approuva Patsy en riant. Donne-moi quelques semaines, je ferai de toi une vraie paysanne du Yorkshire.

Tout en savourant leur apéritif, les deux associées et amies finirent de comparer les mérites respectifs des deux établissements avant d'aborder les autres problèmes en cours. La conversation déviait sur l'état de l'économie en général quand Patsy se leva d'un bond.

– Mon Dieu, ça sent le brûlé! s'écria-t-elle. J'espère que notre déjeuner n'est pas réduit en cendres!

Elle partit en courant, dévala l'escalier. Meredith s'élança à sa suite. En arrivant à la cuisine, elle vit Patsy, accroupie devant le four, qui arrosait fébrilement le gigot avec son jus qu'elle puisait dans le plat à l'aide d'une cuiller à long manche.

– Alors, pas trop carbonisé?

Patsy se redressa, le sourire aux lèvres.

– Non, Dieu merci! répondit-elle en refermant le four. Deux ou trois pommes de terre ont pris un coup de chaud mais l'agneau n'a pas souffert. Ce sont les oignons, en revanche, qu'il faudra passer par pertes et profits. En tout cas, le reste est prêt, nous pouvons nous mettre à table. J'espère que tu as faim, j'ai prévu de quoi nourrir un régiment.

– Je tombe d'inanition! Mais tu n'aurais pas

dû te donner autant de mal, Patsy. J'aurais été ravie de t'inviter au restaurant. Tu aurais pu aussi me rejoindre à l'hôtel.

– J'adore faire la cuisine – enfin, de temps en temps. Cela me rappelle mon enfance dans le Yorkshire. Et puis, Meredith, tu n'as pas si souvent l'occasion de faire un vrai déjeuner dominical anglais, n'est-ce pas ?

Meredith pouffa de rire.

– Non, je l'avoue sans fausse honte. Et je m'en réjouis d'avance.

5

Meredith traversait Green Park d'un bon pas.

Le vent, qui s'était levé dans l'après-midi, faisait tourbillonner les feuilles mortes autour d'elle et soulevait sa longue cape de tweed. Elle ne s'en plaignait cependant pas. Le fond de l'air était frais mais le soleil brillait et elle était contente de se dégourdir les jambes après être restée si longtemps assise chez Patsy.

Elle avait pris un vif plaisir à retrouver sa vieille amie et associée, à faire le point avec elle tant sur le plan personnel que profession-nel. Meredith aimait aussi beaucoup la maison de poupée que Patsy avait aménagée avec un goût très sûr dans un *mews* de Belgravia.

C'est Henry Raphaelson, son banquier new-yorkais, qui les avait présentées en 1984. Ami et relation d'affaires de son père, lui-même banquier dans la City, Henry connaissait Patsy de longue date. Les deux jeunes femmes avaient aussitôt sympathisé. Il ne leur avait fallu que quelques conversations exploratoires pour décider de s'associer et de fonder à Londres un bureau de Havens Inc.

Au cours des années suivantes, Meredith n'avait pas eu à le regretter. Ferme comme le roc, sûre, infatigable, d'un dévouement à toute épreuve, Patsy était devenue un des piliers de l'entreprise. Et si elle n'était pas douée de l'imagination créatrice d'Agnès d'Auberville, son solide bon sens compensait largement cette insuffisance, sans compter le talent inné dont elle faisait preuve dans les relations publiques de Havens Inc. Dans tout le Royaume-Uni, aucun hôtel n'avait bénéficié d'autant de publicité que leur Hostellerie de Haddon Fields. Aucun, non plus, ne pouvait s'enorgueillir de n'avoir jamais été l'objet, depuis son ouverture dix ans auparavant, de la plus légère critique, du plus bref article malveillant dans la presse touristique.

Lorsque Meredith lui avait fait part de son projet d'ouvrir un hôtel en France, Patsy l'avait emmenée à Paris afin de lui présenter Agnès d'Auberville. Les deux jeunes femmes avaient fait connaissance sur les bancs de la Sorbonne et n'avaient cessé depuis d'entretenir des liens d'amitié.

De même que Patsy à la mort de son père, Agnès cherchait à investir son héritage familial dans une affaire capable de lui offrir en même temps une situation stable. Elle avait donc sauté sur l'occasion de créer un château-hôtel dans le Val de Loire et de diriger à Paris la filiale de Havens Inc.

Meredith et elle avaient jeté leur dévolu sur le château de Cormeron, idéalement situé dans la vallée de l'Indre au cœur des châteaux de la Loire. Elles avaient dû consacrer près d'un an à le restaurer et l'aménager en hôtel, car si le bâtiment avait du charme, il était dans un état de délabrement avancé. Il avait fallu refaire une grande partie des planchers, installer le chauffage central et la climatisation, changer de fond en comble la plomberie et l'électricité. Les gros travaux achevés, elles s'étaient ensuite attaquées à la décoration et à l'ameublement en respectant le style du château – mais aussi en lui conférant une touche d'élégante opulence dont il n'avait peut-être jamais bénéficié au temps de sa splendeur passée.

Certes, elles y avaient englouti une somme considérable de travail et d'argent; mais la résurrection ou, plutôt, la métamorphose du château était si spectaculaire qu'elles ne regrettaient ni l'une ni l'autre leurs efforts. Le succès, en effet, avait été immédiat: niché au calme dans un parc enchanteur, à quelques dizaines de kilomètres des sites les plus illustres, de Chenonceaux et Amboise à Chinon, Langeais et Azay-le-Rideau, Cormeron attirait un flot constant de touristes étrangers et ne désemplissait pour ainsi dire pas. Le fait d'y trouver non seulement un gîte luxueux et douillet mais aussi une des meilleures tables de France, encensée par tous les guides, ne contribuait pas peu à sa renommée.

Les trois femmes s'entendaient à merveille. Agnès était vite devenue pour Meredith une amie et une associée aussi sûre que Patsy. De même que Meredith, Patsy était divorcée et avait deux enfants, des jumeaux qui passaient leur année scolaire dans un internat. Âgée de trente-huit ans comme Patsy, Agnès était mariée au célèbre acteur Alain d'Auberville et avait une fille de six ans, Chloé.

Quelle chance de les avoir rencontrées ! pensa Meredith en sortant de Green Park à Piccadilly. Sans elles, Havens Inc. n'aurait jamais pu s'implanter en Europe avec un tel succès et nos qualités respectives se complètent à la perfection.

Elle traversa Piccadilly en direction de Brook Street et de son hôtel, le Claridge. Meredith avait toujours aimé marcher dans les rues de Londres, surtout par une journée fraîche et vivifiante comme celle-ci. Mayfair, le quartier qu'elle connaissait le mieux pour y être venue régulièrement depuis son mariage avec David Layton en 1974, lui plaisait par son élégance et le charme de ses maisons anciennes. Elle avait alors vingt-trois ans, elle était très jeune encore – si mûre, pourtant, à bien des égards. L'Angleterre avait d'emblée fait sur elle une profonde impression. Elle s'y sentait chez elle, elle appréciait l'urbanité et le sens de l'humour des Bri-

tanniques, malgré leurs habitudes parfois décon-
certantes.

David Layton était lui-même un Anglais
transplanté dans le Connecticut, où elle l'avait
rencontré. Après leur mariage à Silver Lake, il
l'avait emmenée à Londres afin de la présenter
à sa sœur Claire, à son mari et à ses enfants.
Meredith avait assez aimé David pour l'épouser, aussi n'avait-elle pu que déplorer l'échec de
leur couple. Leurs sincères efforts pour recoller
les morceaux n'aboutissant à rien, le divorce
avait fini par s'imposer à eux comme la seule
solution viable.

Aux yeux de Meredith, l'unique résultat posi-
tif de cette union mal assortie était leur fils,
Jonathan, dont David s'était malheureusement
détaché. Installé en Californie depuis les années
quatre-vingt, il ne faisait même plus l'effort de
venir le voir, pas plus qu'il ne l'invitait à lui
rendre visite. Dommage pour lui, pensait-elle
souvent. Elle aurait pourtant souhaité que la
situation évolue autrement, surtout pour Jonathan, bien que celui-ci n'eût pas l'air de se soucier d'être ainsi négligé par son père, dont il ne
parlait pratiquement jamais.

Élever seule ses enfants constituait un fardeau parfois lourd à porter, admettait volontiers Meredith. Mais Jon avait si bien réussi, de
même que sa chère Cat, que cela en avait valu
la peine. Elle était amplement récompensée de
tout ce qu'elle avait dû consentir, efforts, sacri-
fices, compromis, angoisses, et pouvait à bon

droit être fière de ses enfants – et d'elle-même, en un sens.

Ces longues années consacrées à leur éducation, comme à la création et au développement de ses affaires, ne lui avaient guère laissé le loisir de rencontrer d'autres hommes, encore moins de nouer des relations durables. Certes, elle avait eu de temps à autre une aventure, mais qui tournait toujours court – ce dont, au fond, elle s'accommodait. À l'époque, son univers se limitait à ses enfants. Il en allait encore de même aujourd'hui.

À l'occasion d'un de ses voyages à Londres au mois de septembre précédent, Patsy l'avait entraînée au vernissage d'une exposition de sculpture dans une galerie réputée de Bond Street. Et là, au milieu des Arp et des Brancusi, des Henry Moore et des Giacometti, lui était apparu Reed Jamison, le propriétaire de la galerie. Grand, brun, séduisant – le plus séduisant, en fait, sur lequel elle ait jeté les yeux depuis des années. Et apparemment libre comme l'air…

«Méfiance!» l'avait avertie Patsy. Sur son insistance à en savoir plus, Patsy avait précisé : «Il est brillant mais invivable.» Puis, poussée dans ses retranchements, Patsy avait ajouté : «Que le Ciel nous protège des héros romantiques! N'est pas Heathcliff qui veut.» Meredith n'avait pas pris au sérieux cette mise en garde, si bien qu'avant de comprendre ce qui lui arrivait, Reed Jamison – qui, lui, avait pris le temps de la regarder de la tête aux pieds – était déjà pendu à ses basques.

Au début, elle était tombée sous son charme. Puis, prenant conscience au cours des mois suivants du malaise croissant qu'il lui inspirait, elle avait commencé à se raisonner elle-même et à distendre leurs liens. Les choses s'étaient subitement aggravées à la fin novembre, quand il était venu passer quelques jours à New York. Le séducteur enjoué, le causeur distrayant s'était révélé sous un jour bien différent : morose, autoritaire, ergoteur, possessif. Meredith avait alors compris qu'il valait mieux couper court et décidé de mettre fin une fois pour toutes à leurs rapports. C'est ce qu'elle comptait faire ce soir-là. Elle ne s'en réjouissait pas, mais il le fallait.

– À quoi bon ? avait objecté Patsy pendant le déjeuner. Dîne avec lui ce soir comme prévu et ne dis rien. Demain, nous partons dans le Nord, dans deux jours tu seras à Paris. Évite de te rendre malade et de subir une scène pénible.

– Non, Patsy, il faut que je lui parle, sinon il continuera à m'empoisonner la vie jusqu'à ce que je lui claque la porte au nez. Autant que ce soit le plus tôt possible.

– Qu'est-ce qui a déraillé ? avait demandé Patsy avec curiosité.

– C'est Reed qui a déraillé. Il est beaucoup trop compliqué pour mon goût.

– Tu ne m'en voudras pas, j'espère, de te rappeler que je t'avais prévenue.

– Et tu avais cent fois raison, Patsy. J'ai eu grand tort de ne pas t'écouter.

Elles avaient ensuite parlé d'autre chose mais, en y repensant, Meredith se demanda si le conseil de Patsy n'était pas le plus judicieux. Il serait en effet plus simple de sortir dîner avec lui sans rien dire et de prétexter ensuite une affreuse migraine. Pourquoi pas ?

Meredith gravit les marches du Claridge. Le portier lui ouvrit la porte en s'inclinant, le concierge la salua pendant qu'elle traversait le hall. Elle était presque arrivée à l'ascenseur quand elle s'entendit héler par une voix qu'elle ne connaissait que trop bien :

– Meredith !

Figée sur place, elle parvint à plaquer un sourire sur ses lèvres et se retourna lentement.

– Reed, quelle bonne surprise ! Mais tu es en avance, il me semble ?

Avec un large sourire, il lui encercla la taille, l'attira vers lui et l'embrassa sur la joue.

– Je prends le thé avec des amis, dit-il en désignant du menton un groupe de gens attablés dans un coin du hall où, conformément à la tradition, un quatuor à cordes jouait de la musique douce.

– Je suis si heureux de te voir, ma chérie, reprit-il en la regardant dans les yeux. Comme je te le disais ce matin au téléphone, tu me manquais affreusement. J'étais sur le point d'appeler ta chambre pour te dire de descendre nous rejoindre quand je t'ai vue traverser le hall. Viens donc.

Il la prit par le bras en s'efforçant de l'entraîner. Meredith résista.

– Non, Reed, impossible. C'est très aimable à toi de m'inviter, mais j'ai des tas de choses à faire avant le dîner. Il est bientôt cinq heures, nous nous retrouverons à six heures et demie comme convenu, n'est-ce pas ?

– Bien sûr, à moins que tu ne veuilles que j'arrive plus tôt. Allons, un petit effort, viens avec nous, insista-t-il. Ce sont des gens charmants.

– Je t'en prie, Reed, ne fais pas de scène devant tout le monde. Je n'ai pas le temps de prendre le thé, un point c'est tout. J'ai des coups de fil à passer, des dossiers à revoir. Et il faut que je me change avant le dîner.

Il la lâcha brusquement et recula d'un pas.

– À ton aise, grogna-t-il. Mais ne t'habille pas pour une soirée mondaine, je t'emmène dans un endroit branché.

Meredith réussit à s'arracher un nouveau sourire.

– Bonne idée. À tout à l'heure, Reed.

Puis, sans lui laisser le temps d'ajouter un mot, elle tourna les talons et s'engouffra dans l'ascenseur.

Ce n'est qu'une fois dans sa chambre, pendant qu'elle étudiait sa garde-robe dans la penderie à la recherche d'une tenue adaptée à un endroit « branché », que Meredith maudit à voix haute le jour où elle avait rencontré Reed Jamison.

6

À six heures trente précises, Meredith entendit frapper à sa porte. Décidément, Reed Jamison ne perdait pas une seconde! Elle finit de boutonner sa veste de tailleur en traversant le petit salon et parvint à sourire avant d'ouvrir.

– Pas trop en avance, j'espère? dit Reed en l'embrassant sur la joue.

– Tu es l'exactitude même. Je suis prête, je n'ai qu'à prendre mon sac et mon manteau.

– Voyons, ma chérie, il est beaucoup trop tôt pour aller au restaurant! Buvons d'abord un verre, nous avons largement le temps.

Tout en parlant, il entra, jeta son pardessus sur un fauteuil. Puis, après un coup d'œil circulaire, il alla s'accouder à la cheminée dans une pose à la nonchalance savamment étudiée. Au prix d'un effort, Meredith réussit à garder le sourire. Elle n'avait pas du tout compté le recevoir dans sa suite; elle pensait, au contraire, qu'il lui téléphonerait du hall où elle serait descendue le rejoindre.

– Pourquoi pas? Que veux-tu boire? demanda-t-elle en sonnant le garçon d'étage.

– Scotch Perrier, comme d'habitude.

– Et où m'emmènes-tu dîner?

– Ah! Ça, c'est une surprise!

– Tu parlais tout à l'heure d'un endroit branché.

– Oui, un fabuleux chinois dans un quartier impossible. Il te plaira beaucoup, tu verras. Une couleur locale extraordinaire, la cuisine la meilleure de Londres, une clientèle amusante comme tout – des artistes, des publicitaires, des gens du show-business. Rien à voir avec les restaurants du West End où on meurt d'ennui.

– Je m'en réjouis d'avance.

Le serveur frappait déjà à la porte. Meredith alla lui passer la commande et revint s'asseoir près de la cheminée. Reed changea de position et prit une mine ulcérée.

– Je suis mortellement vexé, ma chérie.

– Ah oui ? Parce que j'ai refusé de prendre le thé avec tes amis ?

– Bien sûr que non, c'était sans importance. Ce qui m'étonne, c'est que tu aies déjeuné avec Patsy alors que je t'avais invitée chez moi.

– Voyons, Reed, tu ne parles pas sérieusement ? s'exclama Meredith, stupéfaite. Tu sais très bien que nous avions des tas de questions importantes à régler. Je t'avais dit au téléphone la semaine dernière que…

– Tu aurais très bien pu régler à un autre moment ces questions *importantes*, l'interrompit-il d'un ton sarcastique, puisque vous partez ensemble demain et que vous passez deux jours à courir la campagne.

Meredith se domina à grand-peine : une fois de plus, il considérait son travail comme quantité négligeable.

– Il n'en était pas question, répondit-elle

sèchement. J'avais hâte de la voir *avant* de partir pour régler des problèmes urgents.

– Mais tu n'avais pas hâte de me voir, moi.

– Reed, je t'en prie, ne…

On frappa de nouveau à la porte, le serveur entra avec le plateau des consommations demandées. Meredith lui donna un pourboire, tendit à Reed son scotch, prit sa vodka-tonic et revint s'asseoir à sa place.

– *Cheers!* dit-il en levant son verre.

– *Cheers!* répondit Meredith.

Elle trempa à peine les lèvres dans le sien et le reposa aussitôt sur la table basse. Ce soir, elle n'avait aucune envie de boire. Elle voulait garder toute sa lucidité.

Reed la regardait maintenant en souriant. Dieu merci, pensa-t-elle, la scène avait tourné court. Il paraissait d'ailleurs de meilleure humeur que d'habitude.

– As-tu annoncé à Patsy que tu comptais t'installer à Londres dans les mois qui viennent? demanda-t-il.

– Mais de quoi parles-tu? s'écria-t-elle, stupéfaite. Je n'ai jamais eu l'intention de déménager!

– Quand j'étais à New York en novembre, tu m'as pourtant fait part sans ambiguïté de ton intention de vivre à Londres.

– Certainement pas.

– Enfin, Meredith, comment peux-tu dire des choses pareilles? Je t'avais expliqué en long et en large pourquoi je ne supportais plus de continuer à vivre comme nous le faisons, séparés par un océan. Je t'avais même pratiquement demandé de m'épouser et de venir habiter ici avec moi. Et tu avais accepté.

– C'est faux, Reed.

– C'est tout ce qu'il y a de plus vrai!

– Non, Reed, tu l'as imaginé! Jamais, pour rien au monde, je ne t'aurais laissé croire une chose pareille.

– Je ne suis ni un menteur ni un fou, Meredith! dit-il avec un éclair de colère dans le regard. Je m'entends encore te dire que je te voulais près de moi à Londres et je me rappelle clairement que tu avais accepté.

Meredith allait répondre qu'elle ne s'en souvenait pas le moins du monde quand il vint s'asseoir près d'elle.

– Voyons, ma chérie, qu'est-ce qui t'arrive? Pourquoi te conduis-tu comme cela? demandat-il en posant un bras possessif sur ses épaules. Ne te rends pas odieuse, je t'en prie. Tu sais combien je tiens à toi, combien j'ai besoin de toi, de ta présence avec moi – mais ici, pas à New York! Je te l'ai dit là-bas et j'étais sûr que, depuis, tu te serais débarrassée de tes maudites affaires pour venir me rejoindre le plus tôt possible.

– Tu avais mal compris, Reed. J'ignore d'où vient ce malentendu et je le regrette. En tout cas, je n'ai jamais envisagé de me *débarrasser* de mes affaires, comme tu dis.

– Eh bien, garde-les! Si tu tiens à travailler, je ne t'en empêcherai pas – bien que ce soit tout à fait inutile, j'ai de quoi nous faire vivre largement, tu le sais très bien. Je ne parle pas de la galerie, ce n'est qu'un passe-temps. Mon frère héritera peut-être du titre à la mort de notre père, mais moi j'ai la fortune de ma mère.

Accablée, hors d'état de trouver quoi répondre à une telle tirade, Meredith le dévisageait sans mot dire quand, d'un geste imprévisible, il l'attira contre lui et posa ses lèvres sur les siennes. Meredith se débattit de son mieux, mais Reed était grand et fort. Au bout d'un moment, elle réussit enfin à lui glisser entre les bras et il la lâcha aussi soudainement qu'il l'avait étreinte.

– Pourquoi me repousses-tu comme si j'avais la lèpre ? dit-il d'un ton glacé.

Meredith hésita, se mordit les lèvres. Puis, se levant d'un bond, elle lui tourna le dos et courut à la fenêtre.

Il y eut un long silence. Meredith avait pourtant souhaité qu'ils se séparent en êtres civilisés, sans que la scène dégénère. Pourquoi lui reprochait-il de manquer à sa parole alors que c'était lui qui avait pris ses désirs pour des réalités ? Pourquoi aggravait-il les choses à plaisir ?

Un instant plus tard, ayant réussi à calmer la fureur qui bouillait en elle, elle se tourna vers lui.

– Écoute, Reed, rien ne va plus entre nous depuis un certain temps déjà.

– Qu'est-ce qui te permet d'affirmer des choses pareilles ? l'interrompit-il avec véhémence. Tout allait à merveille quand j'étais à New York il y a à peine plus d'un mois – ou alors, dis-moi que j'ai perdu complètement la raison !

Cette réaction accrut le désarroi de Meredith. Comment lui faire comprendre que c'était fini ? Serait-elle forcée de le blesser, de se montrer inutilement cruelle ?

– Non, Reed, tout n'allait pas à merveille – pas pour moi, du moins. C'est précisément à ce moment-là que je me suis aperçue à quel point nous étions peu faits pour nous entendre et que nos rapports étaient voués à l'échec.

– C'est absurde, tu le sais très bien ! Tout s'arrangera, au contraire, quand nous nous rapprocherons l'un de l'autre. Viens vivre à Londres, Meredith.

– Je te répète, Reed, que notre relation n'est pas viable. De toute façon, je n'accepterais sous aucun prétexte de lâcher mon travail.

– De grâce, ne recommence pas sur ce chapitre ! Je ne te crois absolument pas obsédée par ta carrière comme tu veux me le faire avaler, pour la bonne raison que je ne serais jamais tombé amoureux d'une femme d'affaires.

Meredith garda le silence.

– Je viens de te dire que je t'aime ! répétat-il.

– Je suis désolée, Reed, mais moi, je ne t'aime pas.

– Tu avais pourtant tout fait pour me persuader du contraire, dit-il avec froideur.

– Disons que, l'automne dernier, j'étais... aveuglée. Depuis, j'ai ouvert les yeux et je me suis rendu compte que je commettais une erreur, voilà tout.

– Voyons, Meredith, cela marchait si bien entre nous !

Puisqu'il s'obstinait, elle ne pouvait plus reculer.

– Non, Reed. J'ai vite compris que tu ne prenais pas ma vie au sérieux. Pour toi, ma vie de famille ne compte pas, encore moins ma vie professionnelle. Sache que je ne renierai ni l'une ni l'autre, j'y ai consacré trop de temps et d'efforts pour les abandonner.

– Tu me déçois, Meredith. Je te croyais différente des prétentieuses pimbêches qui pullulent aujourd'hui, je te croyais attachée à des valeurs plus solides, plus traditionnelles. Comment ai-je pu me tromper à ce point sur ton compte ? À moins que tu ne m'aies sciemment induit en erreur pour me séduire ? ajouta-t-il avec un ricanement.

– Tu viens de mettre le doigt sur le nœud du problème entre nous, Reed, répondit-elle avec froideur. Je sais ce que tu attends de moi et c'est justement ce que je rejette. J'ai pris conscience en novembre que tu crois occuper la première place dans ma vie. Eh bien, il est grand temps de te détromper. Si j'ai voulu te voir ce soir, ce n'est pas par plaisir mais uniquement afin de te signifier que tout est fini entre nous et t'en expliquer les raisons.

Reed en resta sans voix. Jusqu'à présent, c'était toujours lui qui prenait l'initiative des ruptures. Pour la première fois de sa vie, une femme le congédiait! Blême de fureur, il se leva d'un bond.

– Dieu merci, j'ai découvert ta véritable nature avant de commettre l'insigne erreur de t'épouser! s'écria-t-il.

Sur quoi, il traversa la pièce en trois enjambées, prit son pardessus d'un geste rageur et partit en claquant la porte avec tant de violence que le lustre oscilla.

Meredith courut fermer la serrure à double tour et dut s'appuyer à la porte jusqu'à ce que ses tremblements soient apaisés. Un instant plus tard, elle alla s'asseoir près du téléphone et composa le numéro de Patsy.

– Grande nouvelle, annonça-t-elle quand son amie eut décroché. Reed est venu, je lui ai dit que tout était fini et il sort d'ici, fou furieux.

– Ouf! Quel soulagement! Que tu lui aies enfin parlé, voulais-je dire. Pas étonnant qu'il soit furieux, il n'a pas l'habitude d'être plaqué sans autre forme de procès. Que veux-tu, il a toujours été gâté, il croit que toutes les femmes doivent tomber à ses pieds.

– Je sais. C'est aussi un macho de la pire espèce, j'en ai pris conscience quand il était à New York. Il ne pense qu'à lui-même et il n'a toujours pas compris, je crois, pourquoi je n'ai pas tout lâché, mes enfants et mon travail, pour me précipiter ici vivre avec lui. Il a même été jusqu'à me demander de l'épouser. Tu te rends compte?

– Pas possible! Lui, proposer le mariage? Tu devais lui faire une grosse impression, Mere-

dith ! Depuis son divorce, aucune de ses maî-
tresses n'a tenu plus de quinze jours.

– Tu aurais pu me le dire plus tôt.

– J'ai essayé comme j'ai pu. Je t'avais dit
qu'il était invivable.

– Oui, et aussi qu'il se prenait pour Heathcliff et Lord Byron. Mais j'avoue n'avoir pas
réalisé ce que cela sous-entendait.

– C'est le seul rôle auquel il se soit tenu
depuis des années – le beau ténébreux incom-
pris dont il faut consoler les souffrances, tu vois
ce que je veux dire ? En tout cas, le personnage
lui a réussi auprès des femmes. Remarque, il
n'est pas complètement dépourvu de qualités et
il peut se montrer charmant quand il veut.

– C'est hélas vrai ! Mais crois-tu réellement
que les femmes se laissent séduire par ce côté
beau ténébreux romantique ? C'est pourtant
démodé.

– Beaucoup moins que tu le crois. Les yeux
de velours font toujours de l'effet et bien des
femmes, même à notre époque, n'aspirent encore
qu'à panser les blessures du héros auquel elles
rêvent d'apporter le bonheur parfait. Ce n'est
quand même pas cela qui t'a attiré chez lui,
non ?

– Pas du tout. Au début, c'est vrai, je l'avais
trouvé séduisant. C'est à New York, en novembre,
qu'il a commencé à se livrer à ses jérémiades, à
pousser des soupirs. Rien ne pouvait m'agacer
davantage !

Patsy éclata de rire.

– Je m'en doute ! En tout cas, je n'ai pas

l'impression que tu sois écrasée de douleur de l'avoir mis à la porte.

– Au contraire ! répondit Meredith en riant à son tour. Non que je prenne plaisir à blesser qui que ce soit, mais il fallait trancher dans le vif. J'estime même lui avoir rendu service. On ne gagne rien à laisser ce genre de situations traîner en longueur, cela finit toujours mal.

– J'en sais quelque chose, approuva Patsy. Tony n'a toujours pas digéré notre divorce et m'accable de reproches depuis des années. Mais dis-moi, viens donc dîner. Nous pouvons aussi sortir, si tu ne veux pas être seule.

– Merci, Patsy, tu es gentille, mais je préfère rester au calme ce soir. Je me ferai monter un souper léger dans ma chambre et je me coucherai de bonne heure. Tu m'as bien dit que tu passerais me chercher à six heures demain matin, n'est-ce pas ?

– Oui, je suis désolée de te faire lever à des heures aussi indues mais nous devrons partir tôt. Il faut compter trois bonnes heures de route, sinon davantage, plus deux heures à Keswick avant de repartir pour Ripon. Cela fait beaucoup pour une seule journée. Nous serons peut-être même obligées de coucher à Ripon.

– Aucune importance, je n'en suis pas à vingt-quatre heures près. Au fait, Patsy...

– Oui ?

– Ai-je été trop méchante avec lui, à ton avis ?

– C'est bien possible.

– Je l'ai sûrement atteint dans son amour-propre.

– Parle plutôt de sa vanité ! Je crois, vois-tu, que Reed, l'irrésistible play-boy, était réellement tombé amoureux de toi. Mais il fallait bien qu'il subisse lui aussi son Waterloo. Cela lui fera le plus grand bien !

7

Ce soir-là, Meredith ne put trouver le sommeil.

À une heure du matin, excédée de se retourner en vain dans son lit, elle se leva, passa une robe de chambre et alla s'asseoir au petit salon. Elle n'avait pas fermé les rideaux avant de se coucher ; il régnait un silence apaisant dans la pièce, que le clair de lune baignait d'une douce lumière argentée. Bien calée entre les moelleux coussins du canapé, elle essaya d'ordonner un peu les pensées qui tourbillonnaient dans sa tête.

La pénible scène de la soirée lui laissait un goût d'autant plus amer qu'elle s'en voulait d'être bêtement tombée dans les bras de Reed Jamison au début de l'automne. À quarante-quatre ans, elle aurait dû faire preuve d'un peu plus de jugeote ! Décidément, elle n'avait pas de chance avec les hommes. En avait-elle d'ailleurs jamais eu ?

Oui, une fois. Elle avait connu un homme – et un seul – qui incarnait son idéal. Mais il était mort. Trop jeune, trop tôt. Une mort injuste. Une mort prématurée, comme tout le monde avait alors dit. Pour une fois, les clichés ne faisaient que dépeindre la vérité.

Mourir à trente-six ans, n'est-ce pas une terrible injustice de Dieu ? s'était demandé Meredith des milliers de fois, en s'efforçant de découvrir à cette mort une raison cachée, une justification quelconque. Elle n'en avait jamais trouvé. Cette mort ne signifiait rien, ne rachetait rien et ne laissait derrière elle qu'un vide vertigineux.

Bien sûr, il lui était resté Cat, encore toute petite, et Amelia – pauvre Amelia ! – avec qui contempler ce vide et partager sa peine. Combien l'avaient-elles pleuré, Amelia et elle ! Ses femmes... Ses femmes qui l'avaient tant aimé.

Je le regretterai jusqu'à mon dernier jour, pensa Meredith, la gorge nouée par une tristesse toujours prompte à remonter à la surface. Oh, Jack ! pourquoi es-tu mort ? s'était-elle mille fois interrogée depuis vingt-deux ans, sans jamais entrevoir l'ombre d'une réponse.

Combien de fois, aussi, s'était-elle demandé si elle rencontrerait jamais un autre homme capable de lui faire oublier Jack. Elle savait maintenant que c'était impossible. Il n'y avait sur terre qu'une poignée d'hommes comme lui, uniques, irremplaçables – et qui n'étaient jamais libres. Dès l'âge de vingt-deux ans, Jack lui-même appartenait à une autre. Amelia, son amour de jeunesse, l'avait rendu heureux jusqu'à sa fatale chute de cheval. Elle avait vingt-cinq ans, elle était enceinte. L'enfant n'avait pas survécu et Amelia était restée infirme, paraplégique, clouée à vie dans un fauteuil roulant. Jack aimait Amelia et ne l'abandonnerait jamais, avait-il dit à Meredith. Meredith l'avait compris, parce qu'elle aussi aimait Amelia. Parce que Amelia l'aimait autant qu'elle aimait Jack. Comme elle aimait aussi Cat, la fille que Jack avait donnée à Meredith avec la bénédiction tacite et souriante d'Amelia. Avec sa gratitude envers Meredith pour l'amour qu'elle partageait avec Jack.

Tout cela était si loin. Mai 1969. Elle venait d'avoir dix-huit ans.

Oh, Jack !

Les yeux clos, Meredith le revit comme s'il se tenait devant elle, débordant de vie, d'énergie, de gaieté. Comment s'étonner qu'elle soit tombée follement, irrémédiablement amoureuse de lui dès le premier jour ? Le coup de foudre immédiat. Elle n'avait rien oublié non plus de ses sentiments ce jour-là, sous le regard hypnotique de ses yeux bleus. Qu'il est beau ! pensait-elle en contemplant ses cheveux blonds, sa bouche expressive, la lumière de ses yeux. Ses yeux – des éclats de ciel.

Meredith se revit telle qu'elle était en cet après-midi de mai. Sur l'écran de sa mémoire, leurs trois images se dessinèrent à nouveau, si nettes, si vivantes.

Elle, Jack, Amelia. Indissociables.

Les années, les décennies défilèrent en accéléré. Elle se sentit basculer en arrière, remonter le temps.

– Que puis-je faire pour vous ? la héla une voix.

Elle vit un bel homme jeune et blond, assis sur une marche du perron, qui se levait, enlevait ses lunettes d'écaille et la regardait avec curiosité. Gauche, embarrassée devant cet inconnu plein d'aisance, à l'élégance discrète, Meredith descendit de bicyclette avec tant de précipitation qu'elle faillit tomber.

– Je cherche M. Silver, répondit-elle.

L'inconnu s'avança, la main tendue.

– Ne cherchez plus, vous l'avez trouvé.

– Vous êtes M. Jack Silver ? dit-elle en prenant machinalement sa main.

– Mais oui, le seul à ma connaissance dans les parages. Les autres sont par là, ajouta-t-il en désignant du regard un coin du parc.

Meredith distingua près d'un bouquet d'arbres un petit cimetière entouré d'un muret.

– Vous avez votre propre cimetière ? s'étonna-t-elle.

– Pourquoi pas ? C'est plus commode. Mais vous ne m'avez toujours pas dit en quoi je puis vous être utile.

– Je viens pour l'annonce dans le journal, le poste de réceptionniste.

– Bien sûr ! Et à qui ai-je le plaisir de parler ?

– Meredith Stratton.

– Bonjour, Meredith, et bienvenue à Silver

Lake, dit-il en lui tendant de nouveau la main. Enchanté de faire votre connaissance.

Décontenancée, elle lui prit la main pour la deuxième fois. Sans la lâcher, il lui fit un sourire qui dévoila des dents blanches que son teint hâlé rendait éblouissantes. Meredith lui rendit son sourire. Alors, sans raison apparente, il se mit à rire et elle rit à son tour, captivée par cet homme qu'elle n'avait jamais vu avant.

Il l'entraîna vers le perron. Meredith tenait toujours d'une main le guidon de sa bicyclette.

– Entrez, entrez. Mais je crains que vous ne deviez vous séparer de votre monture, dit-il avec un sourire amusé.

Elle s'empressa en rougissant d'appuyer la bicyclette contre un pilier du perron.

– Belle machine, commenta-t-il.

– Elle n'est pas à moi, je l'ai empruntée. Il n'y avait pas d'autre moyen de transport pour venir ici.

– D'où venez-vous donc ?

– De New Preston, au-dessus du lac Waramaug. Vous avez un très beau lac ici aussi, dit-elle en se tournant vers le lac qu'on voyait scintiller au pied d'une pelouse fleurie.

– Silver Lake avait un nom indien il y a quelques centaines d'années, le lac Wappaconaca. Mais depuis qu'un de mes ancêtres a acheté la terre, les gens du pays ont pris l'habitude de l'appeler Silver, du nom de son propriétaire. Et l'hôtel que vous voyez a été bâti en 1832, il y aura donc cent trente-sept ans cette année.

– Il est superbe. J'adore les vieilles maisons.

– Venez voir l'intérieur et vous présenter à Amelia.

À peine eut-elle franchi le seuil que Meredith fut conquise par l'atmosphère douce et chaleureuse de la maison. Les murs tendus de vieux rose, le plancher ciré comme un miroir, les beaux meubles patinés par le temps, les fleurs fraîches disposées dans des vases de cristal ou de porcelaine, tout la séduisait et l'impressionnait à la fois. Elle avait beau aimer les enfants, l'idée de se voir assise derrière le ravissant petit bureau pour accueillir les visiteurs lui plaisait mille fois davantage.

Jack la précéda dans un couloir. Quand il ouvrit la porte du fond, elle vit de dos une femme assise à un bureau face à la fenêtre.

– Amelia, annonça-t-il, nous avons enfin une candidate au poste de réceptionniste !

La femme se tourna lentement. Meredith se rendit alors compte qu'elle était assise dans un fauteuil roulant, mais elle fut surtout frappée par sa beauté. Ses cheveux très noirs séparés par une raie encadraient un visage à l'ovale parfait qu'illuminait l'éclat d'admirables yeux verts. Ses hautes pommettes, sa bouche sensuelle, son menton fendu d'une fossette évoquaient irrésistiblement Scarlett O'Hara, l'héroïne d'*Autant en emporte le vent*.

Amelia s'étonna de son silence et de sa mine ébahie.

– Qu'y a-t-il ? Seriez-vous souffrante ?

Soudain consciente de la dévisager bouche bée, Meredith devint cramoisie.

– Je vous demande pardon, bredouilla-t-elle au comble de l'embarras, c'est très impoli de ma part mais... vous êtes si belle ! Vous ressemblez à Vivien Leigh dans *Autant en emporte le vent*. Tout le monde a déjà dû vous le dire.

– Pas tout le monde, non. Je suis quand même très touchée du compliment, dit Amelia avec un sourire amusé.

– Ma chérie, intervint Jack, je te présente Meredith Stratton. Mademoiselle Stratton, Amelia, ma femme.

Reprenant contenance, Meredith serra la main fine que lui tendait Amelia.

– Asseyez-vous, mademoiselle Stratton, lui dit-elle.

– Merci, madame. Mais j'aimerais mieux que vous m'appeliez Meredith. Je n'ai pas l'habitude qu'on m'appelle mademoiselle Stratton.

Un nouveau sourire amusé apparut sur les ravissantes lèvres d'Amelia.

– Volontiers.

– Meredith arrive de New Preston, enchaîna Jack. C'est de là du moins qu'elle est venue à bicyclette cet après-midi. Mais vous êtes originaire d'Australie, n'est-ce pas ?

– Oui, de Sydney. Comment le saviez-vous ? Oh ! C'est sûrement mon horrible accent.

– Il n'a rien d'horrible, dit Amelia. On y distingue simplement quelques inflexions typiques. Et depuis quand êtes-vous dans le Connecticut ?

– Je suis venue ici avec une famille américaine il y aura un an en juillet. M. Paulson était dans une agence de publicité à Sydney, je travaillais chez eux au pair.

– Puis-je vous demander pourquoi vous voulez les quitter ?

– Je souhaite changer de job, madame. M. Paulson est nommé en Afrique du Sud et doit s'installer à Johannesburg avec sa famille. Ils m'ont demandé de les suivre, mais je préfère rester ici. La région est si belle !

– Et vos parents ? Ils ont certainement envie que vous retourniez près d'eux en Australie.

– Mes parents sont morts quand j'avais dix ans. Ils ont été tués dans un accident de voiture.

– Ma pauvre petite ! s'exclama Amelia, sincèrement apitoyée. Et vous n'avez pas d'autre famille là-bas ?

– Non, personne.

– Comme c'est terrible. Quel âge avez-vous ?

– Je viens d'avoir dix-huit ans, au début du mois.

– Avez-vous déjà travaillé dans un hôtel ? demanda Jack.

– Non, mais Mme Paulson dit que j'ai un bon contact avec les gens. Depuis deux ans, je l'aide aussi pour son secrétariat et elle m'a appris la comptabilité. Elle est convaincue que j'ai les qualités qu'il faut pour être réceptionniste. Je sais qu'elle doit m'écrire une lettre de références, je peux vous l'apporter ce soir si vous voulez.

– Ce ne sera pas nécessaire. Jack, téléphone

donc à Mme Paulson. Cela ne vous gêne pas que nous lui parlions en votre présence, Meredith ? ajouta Amelia.

– Non, bien sûr ! D'ailleurs, elle s'attend à ce que vous l'appeliez.

Jack demanda le numéro. Un instant plus tard, il eut une longue conversation avec Mme Paulson ou, plutôt, l'écouta parler sans pouvoir placer un mot. Meredith était sur des charbons ardents. Elle avait beau savoir que Mme Paulson ne dirait que du bien d'elle, elle tenait à ce job et, plus encore, à ce lieu et à ces gens vers lesquels elle se sentait irrésistiblement attirée.

Lorsqu'il reposa enfin le combiné, Jack arborait un large sourire.

– Mme Paulson m'a chanté vos louanges, Meredith. Elle vous juge intelligente, honnête, débrouillarde, infatigable. Elle est désolée de vous perdre, mais elle comprend vos raisons et considère que vous pouvez faire mieux dans la vie que de vous occuper d'enfants. En fait, elle était intarissable sur vos talents avec les enfants qui, m'a-t-elle dit, vous adorent.

– Je les aime beaucoup moi aussi et je les regretterai. Mais je n'ai aucune envie d'aller en Afrique du Sud.

– Je ne vous reprocherais certes pas de vouloir rester ici, observa Amelia. Cette région du Connecticut est le pays du Bon Dieu. Quand pourriez-vous commencer ?

– Dès la semaine prochaine. Vous voulez dire que... je suis engagée ?

– Mais oui, dit Amelia avec un nouveau sourire. Les éloges de Mme Paulson sont tels que je ne crois pas que nous trouverons mieux que vous. N'est-ce pas, Jack ?

– Tout à fait d'accord. Il reste cependant un petit problème. Où Meredith logera-t-elle ?

Désarçonnée par cette remarque inattendue, Meredith dévisagea les Silver bouche bée.

– Mais l'annonce disait en toutes lettres «nourrie et logée sur place» ! Je n'aurais pas postulé sans cela. C'est d'ailleurs en sachant que je ne serais pas livrée à moi-même que Mme Paulson m'a encouragée à venir.

– Nous avons bien une chambre, mais c'est une mansarde qui n'est guère confortable, dit Jack. L'intendante occupe la meilleure chambre, nous ne pouvons pas l'en déloger. Nous manquons de place pour le personnel, je l'avoue.

– Je n'ai rien contre les mansardes ! s'empressa de déclarer Meredith, soudain terrifiée à l'idée de perdre cet emploi en or pour un détail aussi insignifiant.

– En fait, intervint Amelia, nous pensions trouver une personne de la région, qui viendrait pendant la journée et rentrerait chez elle le soir. Mais depuis des semaines, vous êtes la première et la seule à vous être présentée. Écoute, Jack, poursuivit-elle, il doit y avoir moyen de rendre la mansarde présentable. Un coup de peinture, quelques jolis meubles. Et n'oublions pas qu'elle est assez spacieuse.

Jack hésita. Puis, voyant la mine accablée de Meredith, il se leva.

– Venez voir, Meredith. Vous jugerez par vous-même.

Un instant plus tard, Meredith constata avec soulagement que la mansarde, loin d'être un sordide galetas, était une pièce vaste et gaie, éclairée par deux grandes lucarnes.

– C'est charmant et pittoresque comme tout ! s'exclama-t-elle. Ne vous inquiétez pas, je l'aurai vite arrangée.

– Alors ? s'enquit Amelia lorsqu'ils redescendirent.

– J'y serai très bien, je vous assure, déclara Meredith. Voulez-vous que je commence la semaine prochaine ?

– Si vous pouviez, ça m'arrangerait beaucoup. Et maintenant, dit-elle en tournant de nouveau son fauteuil vers le bureau, je dois me remettre à toutes ces affreuses paperasses. À la semaine prochaine, Meredith.

Jack la raccompagna jusqu'au bas du perron.

– L'hôtel est calme en ce moment, lui dit-il, mais nous comptons sur beaucoup de monde la semaine prochaine. Quel jour pouvez-vous venir ?

– Lundi, si vous voulez. Cela vous convient, monsieur ?

– Tout à fait ! Vous me soulagerez d'un grand poids et je pourrai enfin donner un coup de main à Pete O'Brien, le régisseur, qui ne sait plus où donner de la tête. Amelia sera très contente que vous soyez là, elle aussi. Elle est débordée et se fatigue très vite. J'ai eu beau chercher, je n'ai encore trouvé personne pour l'aider.

– Soyez tranquille, je la déchargerai autant que je pourrai. D'ailleurs, j'aime beaucoup ce genre de travail. Mais, dites-moi, poursuivit-elle en hésitant, qu'est-il arrivé à Mme Silver ?

– Amelia a fait une chute de cheval il y a onze ans. La colonne vertébrale a été atteinte. Elle est paralysée de la taille jusqu'aux pieds.

– Oh ! quel malheur. Elle est si belle.

– C'est vrai. Je n'ai jamais connu personne de meilleur ni de plus courageux qu'elle.

Il y eut un silence.

– Merci pour le job, monsieur Silver, dit enfin Meredith. Je ferai tout ce que je pourrai pour me montrer digne de votre confiance.

– J'en suis sûr, Meredith.

En reprenant sa bicyclette, Meredith se tourna vers le lac, qu'on voyait scintiller entre les arbres sous le soleil de l'après-midi finissant.

– Voyez-vous passer beaucoup d'oiseaux ? demanda-t-elle.

– Toute l'année. Il y en a probablement des dizaines en ce moment même – canards, oies sauvages. Voulez-vous que nous y descendions un instant ?

– Avec plaisir.

Ils s'engagèrent sur le sentier. Meredith marchait en tenant le guidon de sa bicyclette.

– Je fais souvent le tour du domaine à vélo, dit Jack. Je ne prétends pas en avoir parcouru les cent cinquante hectares, mais je ne crois pas avoir laissé beaucoup de coins inexplorés. Et il y a des tas de choses intéressantes à voir. Même si ce n'est pas aussi vaste que les grandes exploitations australiennes, ajouta-t-il, j'imagine.

– Vous savez, je ne suis jamais sortie de Sydney, avoua-t-elle en riant. Toutes ces terres sont à vous, monsieur Silver ?

– Oui. Mon quadrisaïeul Adam Silver a acheté le domaine en 1832, comme je vous le disais. Il y a construit l'hôtel, la maison qu'Amelia et moi habitons en ce moment et les autres bâtiments. Depuis, la propriété est toujours restée dans la famille.

Tout en parlant, ils étaient arrivés au bord de l'eau. Meredith contempla le lac en silence.

– J'ai toujours aimé être proche de l'eau, dit-elle au bout d'un moment. Je ne sais pas pourquoi, mais cela me donne un sentiment de...

– De quoi, Meredith ? l'encouragea Jack.

– Je n'ai jamais vraiment réussi à le définir.

– De bonheur ? De paix ? De sécurité ? Il doit s'agir d'un sentiment agréable, sinon vous n'aimeriez pas l'eau.

– Un peu de tout ce que vous venez de dire, sans doute. Pourtant, à certains moments, j'éprouve aussi une sorte de tristesse, comme si j'avais perdu quelque chose de précieux dont l'eau réveille en moi le souvenir.

Le silence retomba. Jack observa discrètement Meredith.

– Oh ! Regardez là-bas ! s'écria-t-il. Le héron bleu qui revient tous les ans au printemps. On ne le voit que quelques jours, mais je suis sûr que c'est toujours le même.

– Si j'étais un oiseau, je voudrais rester ici.
C'est trop beau pour avoir envie d'en repartir.

Étonné, Jack se tourna vers elle. Meredith
soutint son regard, dont l'intensité et l'expression énigmatique la déconcertaient et l'hypno-
tisaient à la fois. Au bout d'un moment, Jack
brisa le charme et se détourna le premier.

– Je suis content que vous veniez travailler à
Silver Lake, Meredith. Je suis convaincu que
tout ira bien. Vous plaisez à Amelia, à moi
aussi. J'espère que c'est réciproque ?

– Oh oui, monsieur Silver. Moi aussi, je suis
contente de venir travailler ici.

Ils reprirent en silence le chemin de l'hôtel.
Meredith enfourcha sa bicyclette.

– À lundi, monsieur Silver.

– Appelez-moi Jack ! lança-t-il.

– Je n'y manquerai pas ! répondit-elle en
riant.

Elle le salua de la main et s'éloigna dans
l'avenue.

Jack la suivit des yeux jusqu'à ce qu'elle ait
disparu. Il y avait dans cette fille quelque chose
qui l'attirait malgré lui. Sa fraîcheur, son inno-
cence. Sa beauté aussi, bien qu'elle n'ait pas
elle-même conscience de l'effet produit sur les
hommes par ses longues jambes, ses cheveux
blonds, ses yeux verts. Il la connaissait depuis
à peine plus d'une heure, mais elle lui manquait déjà.

Et cette découverte le plongeait dans la stupeur.

La sonnerie du téléphone réveilla Meredith en sursaut.

– Bonjour, madame Stratton. Ici le service du réveil, il est cinq heures.

Meredith raccrocha, alluma une lampe. Elle avait donc passé toute la nuit au salon ? Elle devait être morte de fatigue ! Le canapé, il est vrai, était aussi confortable qu'un lit. Patsy viendrait la chercher dans une heure, elle n'avait pas de temps à perdre, se dit-elle en allant prendre sa douche. Elle avait été bien inspirée de faire ses valises la veille au soir.

À six heures précises, Meredith descendit dans le hall au moment où Patsy arrêtait sa voiture devant la porte.

8

Lorsque Patsy et Meredith quittèrent le Claridge, le ciel gris était menaçant. Quand elles s'engagèrent sur la bretelle d'accès à l'autoroute, il pleuvait déjà des cordes. Bercée par le chauffage et la musique à la radio, Meredith luttait contre la somnolence.

– Si tu es fatiguée, dit Patsy, ne te crois pas obligée de me faire la conversation. Tu peux dormir sans scrupules, j'aime conduire et la route est déserte.

Meredith rouvrit les yeux, se redressa.

– Non, ça va. J'ai passé la nuit sur le canapé de mon petit salon mais, finalement, je me suis bien reposée.

– Sur le canapé ? Pourquoi ?

– Je ne dormais toujours pas à une heure du matin. Alors, je me suis relevée pour me calmer et le sommeil a dû me rattraper peu après.

– Tu ne te faisais pas du souci à cause de Reed Jamison, j'espère ?

– Bien sûr que non.

– Tant mieux. Il n'en vaut vraiment pas la peine.

– Je suis bien de ton avis. Tu sais, je suis soulagée de lui avoir enfin dit ce que j'avais sur le cœur. C'est sans doute la seule fois depuis que je le connais où il m'a prise au sérieux, ajouta-t-elle en riant.

– Dans quel sens ?

– J'ai toujours eu l'impression que Reed n'accordait aucune importance à ce que je disais. Il se préoccupait bien plus de ce qu'il allait me répondre que du sens de mes mots.

– Il n'est pas le seul à souffrir de ce genre de surdité sélective, grommela Patsy. À notre époque, personne n'écoute plus personne. Sauf toi. Tu es l'auditrice la plus attentive que je connaisse.

– Je le tiens d'Amelia, qui m'a appris à savoir écouter. Elle me répétait que celui qui parle tout le temps ne peut rien apprendre des autres. Dieu sait qu'elle avait raison ! Mais Amelia avait raison plus souvent qu'à son tour. C'était l'être humain le plus remarquable qu'il m'ait jamais été donné d'approcher.

– Je regrette de ne pas l'avoir connue. C'est curieux que tu en parles ce matin, je pensais justement à elle hier soir, à l'influence qu'elle a eue sur nos vies – sur la tienne de manière plus directe que sur la mienne, bien entendu. Regarde comme le hasard fait bien les choses ! Si John Raphaelson n'avait pas été son avocat avant d'être le tien, tu n'aurais pas rencontré son frère Henry qui était un des meilleurs amis de mon père et nous ne nous serions jamais connues.

– Je sais. Moi aussi, je regrette que tu n'aies pas connu Amelia. Elle n'aurait que soixante-deux ans cette année. Jeune encore. Quel malheur.

– Et Jack, quel âge aurait-il ?

– Il avait quatre ans de moins qu'Amelia. Il aurait donc cinquante-huit ans – à la fin de ce mois, d'ailleurs.

– Comme c'est triste qu'ils soient morts si jeunes l'un et l'autre.

– Oui, très. Après la disparition de Jack, Amelia a lutté de son mieux, mais le cœur n'y était plus. Vers la fin, elle s'est littéralement laissé mourir. J'ai toujours considéré qu'elle était morte de chagrin.

– Je le crois volontiers. Ma mère, elle non plus, n'a pour ainsi dire pas survécu à mon père. Sans lui, elle ne s'intéressait plus à rien, elle avait perdu jusqu'à l'envie de vivre. J'ai appris par ma tante qu'elle répétait : « Je veux rejoindre

Winston » et qu'elle ne mangeait presque plus, comme si elle avait décidé de s'éteindre.

– Amelia a tenu le coup près d'un an, mais les symptômes étaient presque les mêmes. Au fond, cela n'a rien d'étonnant. Les gens qui se sont aimés et ont longtemps vécu ensemble se sentent perdus quand l'autre les laisse seuls au monde.

– La solitude est souvent insoutenable, approuva Patsy.

– Amelia le disait aussi. Pour elle, la solitude était une forme de mort. Elle m'aimait, elle aimait Cat, mais Jack était littéralement la lumière de sa vie. En le perdant, elle n'avait plus de raison d'être. T'ai-je dit qu'ils se connaissaient depuis l'enfance ?

– Non. Ont-ils aussi grandi ensemble ?

– En partie, oui. Les parents d'Amelia, des amis des Silver, avaient une maison de vacances proche de Silver Lake. Jack et Amelia sont vite devenus inséparables parce qu'ils étaient l'un et l'autre enfants uniques de parents qui l'étaient eux-mêmes. Ils n'avaient donc ni frères et sœurs, ni cousins et cousines avec qui partager leurs jeux. « Je t'épouserai quand je serai grand », disait Jack sans arrêt, et Amelia riait en répondant qu'elle ne daignerait jamais se marier avec un garçon plus jeune qu'elle. Ils se sont pourtant mariés dès que Jack a eu vingt et un ans. L'accident d'Amelia est survenu un an plus tard. Quand je pense à ce qu'aurait pu être leur vie… Mais on n'échappe pas à son destin, me répétait-elle souvent.

– Que voulait-elle dire ?

– Rien de plus, rien de moins. Amelia était très fataliste, au fond. Pour elle, c'est le destin qui m'avait conduite à Silver Lake ce jour de mai 1969. Elle estimait que je devais suivre ma destinée, comme Jack et elle suivaient la leur. « Il était écrit que je finirais dans ce fauteuil roulant, me disait-elle parfois. J'ignore pourquoi, mais c'est ainsi. » Amelia croyait dur comme fer que je leur avais été amenée par le destin et ils ont transformé ma vie comme j'ai changé la leur – pour le meilleur, je m'en rends compte chaque jour. Ils m'ont donné l'amour, la compréhension, le seul véritable foyer que j'aie jamais connu jusqu'alors. De mon côté, je leur ai apporté quelque chose qu'ils avaient toujours souhaité et qui leur manquait.

– Tu as été pour eux la sœur qu'ils n'avaient jamais eue, intervint Patsy.

– Oui, en un sens, mais ce que je voulais dire, c'est que je leur ai donné Cat. Elle était autant leur enfant que le mien et ils l'aimaient autant que je l'aimais.

– C'est vrai. Qu'ils seraient heureux s'ils pouvaient la voir aujourd'hui ! À propos, Keith et elle vont-ils se fiancer, à ton avis ?

– Oui, très bientôt. Catherine a beaucoup d'intuition. Elle ne m'en aurait pas parlé l'autre soir si elle n'était pas certaine que Keith lui proposerait le mariage.

– J'espère bien être invitée à la noce !

– En douterais-tu ? Cat t'adore. Elle n'a jamais oublié comment tu l'as reçue pendant l'année qu'elle a passé à Londres. Moi non plus, à vrai dire. Grâce à toi, j'ai pu dormir tranquille sans avoir à m'angoisser sur les risques que courait ma fille dans un pays étranger.

– C'était la moindre des choses, voyons ! J'étais ravie de jouer les grandes sœurs. La réception aura lieu à Silver Lake, je suppose ?

– Naturellement. Cat ne voudrait pas entendre parler d'un autre endroit, elle l'aime autant que moi. Quant à Blanche, elle se frotte les mains et commence à tout préparer dans sa tête. À peine y avais-je fait allusion l'autre soir qu'elle composait déjà le menu ! Je suis prête à parier qu'elle en est maintenant au choix des fleurs. Ce sera le plus beau jour de sa vie.

– Je suis enchantée que Cat ait trouvé l'homme de ses rêves. Si seulement je pouvais en dire autant.

– Plus on cherche, moins on trouve, tu sais. Et puis, je ne crois pas qu'un homme représente toujours la solution.

– La sagesse parle par ta bouche. Oh ! la barbe ! s'exclama Patsy, aveuglée par le nuage de boue qu'un camion qu'elle doublait projetait sur son pare-brise. J'espère que ce temps de chien ne va pas nous poursuivre jusqu'au bout !

– Veux-tu que je te relaie au volant ?

– Non, ça va, tu es gentille. Je connais la route comme ma poche. N'oublie pas qu'elle nous emmène vers le Nord.

– Ta région préférée, n'est-ce pas ?

– L'une d'elles, du moins. Par un temps

comme celui d'aujourd'hui, je me pose quand même des questions.

Meredith referma les yeux et Patsy se concentra sur sa conduite. Depuis quelques kilomètres, elle sentait la route devenir glissante par endroits et craignait la formation de plaques de verglas, car le vent soufflait de plus en plus fort et la température baissait dangereusement.

Tout en conduisant, elle pensait au destin de Meredith qui l'avait amenée à Silver Lake et avait transformé sa vie entière. Quelle histoire extraordinaire! Elle savait que Meredith était vite devenue indispensable à Amelia, au point que les deux femmes vivaient pour ainsi dire en symbiose. Jack lui avait appris tout ce qu'il savait sur la gestion d'un hôtel et, lui aussi, se reposait presque entièrement sur elle. Mais si Meredith n'avait jamais été avare de confidences sur sa vie avec les Silver, Patsy ignorait tout des années ayant précédé son arrivée à Silver Lake. Meredith semblait vouloir jeter un voile de mystère sur son enfance et sa jeunesse en Australie, comme s'il s'agissait d'une autre existence, d'un secret qu'elle ne souhaitait révéler à personne. Si Patsy respectait ce désir et s'interdisait d'assaillir Meredith de questions, elle n'en était pas moins intriguée.

– Cela te paraîtra peut-être bizarre, dit tout à coup Meredith, mais j'ai l'impression que tu as une préférence pour l'hôtel près de Ripon, Skell Garth. Vrai ou faux?

– Qu'est-ce qui te le fait croire? s'étonna Patsy.

– Disons… mon intuition, des recoupements, le peu que tu m'en as dit. Et puis, tu as toujours aimé le Yorkshire. C'est ton pays natal, après tout.

– Je te répète, Meredith, que c'est à toi seule de juger sur pièces. Je ne veux à aucun prix t'influencer.

– D'accord. Alors, que reproches-tu à celui des lacs?

– Mais rien! Tu as vu toi-même les photos.

– Oui, et elles sont superbes. Tu m'as dit aussi que l'hôtel est luxueux, en parfait état, qu'il tourne à plein régime, *mais*… Parce qu'il y a un mais, je te connais.

– Trop de fanfreluches, grommela Patsy.

Meredith éclata de rire.

– Le mieux est l'ennemi du bien, veux-tu dire?

– Exactement. À vouloir trop bien faire, les propriétaires sont tombés dans tous les clichés de la décoration. Tout est trop léché, l'ensemble manque de caractère. Tu es la première à dire que, pour être intéressante, une chambre ou une maison doit avoir un petit quelque chose qui cloche, une dissonance si tu veux. Heronside n'a rien d'original.

– Il me semblait bien que tu ne l'aimais pas.

– Je n'ai jamais dit qu'il me déplaisait!

– À quoi bon y aller? Filons directement à Ripon.

– Non, tu dois juger par toi-même. C'est un hôtel de premier ordre, il n'y a pour ainsi dire aucun frais à engager, tout a été refait à neuf il y a deux ans, le parc et la vue sont de toute beauté. Mais je ne suis pas partie prenante et c'est à toi seule de décider, Meredith. J'insiste !

– Comme tu voudras. Je sais seulement que nous avons les mêmes goûts et que tu ne te trompes pas souvent dans tes jugements. Que tu le veuilles ou non, Patsy, ma religion est déjà presque faite.

9

Le mardi matin, il faisait un beau temps sec et froid. Pas un nuage ne ternissait le bleu du ciel, le soleil d'hiver étincelait. S'il ne réchauffait pas l'atmosphère, il conférait à la journée qui s'ouvrait un éclat vif et joyeux.

Neuf heures sonnaient quand Meredith, chaussée de bottes fourrées et emmitouflée dans un manteau doublé de peau de mouton, s'engagea dans l'allée de tilleuls menant à l'église de Studley, dont le clocher se détachait en haut de la colline. De là, selon les indications de Mme Miller, il ne lui faudrait que quelques minutes pour atteindre l'abbaye.

La veille, arrivées à Ripon dans l'après-midi, Patsy et elle s'étaient rendues directement à Skell Garth. Dominant la rivière Skell entre les villages de Studley et d'Aldfield, l'hôtel faisait face à l'abbaye de Fountains située sur l'autre rive. Les deux amies avaient dit aux propriétaires, les Miller, qu'elles voulaient rester coucher. L'établissement étant presque vide en cette morte saison, elles purent choisir les chambres qu'elles souhaitaient occuper.

– Nous aimerions les deux chambres contiguës du dernier étage, décida Patsy. Celles qui donnent sur l'abbaye.

À peine furent-elles entrées dans la première que Patsy entraîna Meredith vers la fenêtre.

– Viens voir! s'écria-t-elle. Admire l'abbaye de Fountains, une des plus belles de toute l'Angleterre.

Le regard de Meredith se porta au-delà des pelouses et des jardins de l'hôtel enfouis sous une épaisse couche de neige, qui descendaient en pente douce jusqu'au bord de la Skell. Posée sur un drap immaculé telle une offrande à Dieu, l'abbaye profilait ses imposantes murailles contre le ciel, que le crépuscule approchant teintait de nuances turquoise.

– Sublime, murmura-t-elle faute de trouver un mot mieux approprié à la splendeur du spectacle.

– L'abbaye est l'objet de soins constants, fit observer Bill Miller. Des équipes de maçons y travaillent d'un bout à l'autre de l'année pour sauvegarder les ruines.

Meredith ne l'entendit même pas. Pour une raison qui lui échappait, elle avait déjà décidé d'aller voir de près ces bâtiments majestueux et mélancoliques, vers lesquels elle se sentait inexplicablement attirée.

Après avoir pris le thé avec les propriétaires, les deux amies durent consacrer le reste de l'après-midi à une visite complète de Skell Garth et à l'examen détaillé de la gestion de l'hôtel, des conditions de vente, des avantages et des inconvénients éventuels. Aussi la nuit était-elle tombée sans que Meredith ait pu mettre son projet à exécution. J'irai demain matin avant de partir, se dit-elle, poussée par une détermination qu'elle ne s'expliquait pas.

Le lendemain, après le petit déjeuner, Meredith demanda à Claudia Miller comment se rendre à l'abbaye et se mit en route aussitôt. Parvenue au bout de l'allée de tilleuls, au sommet de la colline, elle n'accorda qu'un bref regard à la vieille église de Studley et se tourna vers les ruines.

La main en visière contre le soleil éblouissant, elle s'attarda à contempler l'abbaye qui lui parut encore plus imposante, vue de haut et de près, que la veille, aperçue d'une lointaine fenêtre. Alors qu'il n'y avait pas un souffle de vent, elle frissonna soudain, saisie de l'étrange sensation d'être déjà venue là, d'avoir vu ces mêmes ruines du haut de cette même colline. Le paysage qui s'étalait sous ses yeux lui semblait étrangement familier. Or, elle venait dans le Yorkshire pour la première fois de sa vie, elle en était sûre. Comment expliquer ce sentiment de déjà-vu? Elle avait beau chercher, aucune réponse ne lui venait. L'abbaye lui lan-

102

çait un appel si pressant qu'elle n'y résista pas et partit en courant dans la descente.

La neige durcie par le gel crissait sous ses bottes, elle glissait, se rattrapait de justesse sans que rien puisse la ralentir. Hors d'haleine, agitée d'une inexplicable émotion, elle pénétra dans la nef de l'église abbatiale. Le dais infini du ciel recouvrait les voûtes ruinées, soulignait l'ogive des baies veuves de leurs vitraux. De la croisée du transept, Meredith parcourut du regard les piliers tronqués, les pans de murs à moitié écroulés, les dalles dont la neige dissimulait les brisures sous son tapis blanc. Pour Meredith, le temps s'était arrêté. Elle sentait les larmes lui monter aux yeux sans comprendre la cause de l'intense douleur qui lui serrait le cœur et lui nouait la gorge à l'étouffer.

Quelque chose m'a été enlevé ici même, se dit-elle enfin. Quelque chose qui m'était infiniment précieux. Je connais ce lieu. J'y suis déjà venue, j'en suis maintenant certaine. Je ne sais ni comment ni pourquoi, mais il fait partie intégrante de moi-même. Qu'y ai-je donc perdu, mon Dieu ? Que m'y a-t-on pris de plus cher que la vie ? Une partie de mon cœur, de mon âme ? Quel lien, quel rapport peut-il y avoir entre ces ruines et moi ?

Plus immobile qu'une statue, Meredith retournait sans fin ces questions dans sa tête. Les larmes ruisselaient de plus belle sur ses joues, elle sentait son cœur se briser et elle ne décelait toujours pas la cause de ces poignantes émotions. Elle savait simplement qu'on lui avait arraché quelque chose ou, peut-être, quelqu'un, une personne qu'elle aimait. Qui, quoi? Elle l'ignorait. Seule palpitait en elle la douloureuse certitude d'avoir été victime d'une injuste privation.

À pas lents, elle traversa le chœur jusqu'à l'abside, appuya son front contre la pierre froide. Le silence, la paix qui régnaient en ce lieu jadis consacré la calmèrent peu à peu. Au loin, un oiseau solitaire chanta. Une rafale de vent gémit entre les pierres et retomba aussitôt. D'un pas de somnambule, Meredith reprit sa marche en direction du cloître. Elle en connaissait le chemin.

Sous les voûtes encore intactes, le silence lui parut plus profond. Meredith s'assit un instant sur un muret. D'où provient ma peine? se demanda-t-elle. Pourquoi l'éprouver en ce lieu si paisible? Quelle signification a donc pour moi cette abbaye? Elle eut beau se poser et se reposer les mêmes questions, le voile du mystère resta aussi épais.

Lorsqu'elle revint à Skell Garth une heure plus tard, Patsy l'attendait au salon.

– Grands dieux, tu es frigorifiée! s'exclama-t-elle. Viens vite t'asseoir près du feu et boire quelque chose de chaud avant de partir pour l'aéroport.

– Ne t'inquiète pas, je n'ai pas si froid que cela.

Meredith enleva son manteau et s'approcha

104

de la cheminée en se frottant les mains devant les flammes.

– Quand Claudia Miller m'a appris que tu étais allée à l'abbaye par ce temps, je n'en ai pas cru mes oreilles! Si tu m'avais attendue, je t'y aurais conduite en voiture.

– L'air est vivifiant aujourd'hui, la promenade m'a fait du bien. J'aime marcher, tu le sais.

– Sortir à pied par ce froid, c'est de la folie, voyons! Je vais commander du thé bouillant. Veux-tu aussi manger quelque chose pour te remonter?

– Non merci, je n'ai pas faim. Le thé me suffira.

Patsy alla passer la commande et revint un instant plus tard en lançant à Meredith des regards intrigués.

– Tu es pâle comme si tu avais vu un fantôme. Aurais-tu croisé l'esprit d'un moine au détour d'un couloir? demanda-t-elle en souriant.

Loin de répondre par l'éclat de rire auquel Patsy s'attendait, Meredith garda un silence pensif.

– Qu'y a-t-il, Meredith? insista-t-elle. Tu as vraiment l'air bizarre. Quelque chose ne va pas?

– Non, tout va bien. Mais j'ai eu à l'abbaye une étrange sensation.

– Laquelle?

– J'étais attirée par ces ruines comme par un aimant, Patsy. Ce n'est pas une simple figure de style: j'avais tellement hâte d'y arriver que j'ai couru presque tout le long du chemin. Une fois au milieu des ruines, j'ai eu l'impression de les avoir toujours connues et j'ai éprouvé le sentiment inexplicable d'y avoir... comment dire... perdu quelque chose ou quelqu'un. C'était un sentiment si puissant, si douloureux que j'en suis encore secouée. Tu me prendras peut-être pour une folle, Patsy, mais l'abbaye de Fountains a pour moi une importance réelle, profonde. La signification de ce phénomène m'échappe totalement. Je n'en avais jamais entendu parler avant ce que tu m'en as dit l'autre jour et je n'y ai certainement jamais mis les pieds auparavant.

Déconcertée, Patsy ne répondit pas aussitôt.

— Dans cette vie, du moins. Peut-être pas dans une vie antérieure. Crois-tu à la réincarnation ?

Meredith hésita.

— Je... je ne sais pas si j'ai le droit de répondre par un non catégorique. Comment être sûr de quoi que ce soit dans le monde étrange où nous vivons ?

— Il peut y avoir aussi une explication plus prosaïque. Par exemple, un documentaire sur l'abbaye, que tu as oublié avoir vu et dont tu as reconnu les images en arrivant sur les lieux.

— C'est peu probable. Et que penser de ce curieux sentiment de perte, de douleur ? Tu le sais, toi ?

— Non, pas le moins du monde.

L'arrivée d'une servante apportant le thé les interrompit. Lorsqu'elles furent de nouveau seules, Patsy reprit la parole :

– Dis-moi, tu paraissais fermement décidée hier soir à acheter Skell Garth. Les événements bizarres de ce matin t'auraient-ils fait changer d'avis ?

– Non, Patsy, au contraire ! J'ai découvert que l'abbaye de Fountains a pour moi une importance réelle. Même si je ne comprends pas pourquoi, je vois cela comme un bon présage. Et puis, l'hôtel me plaît infiniment. Une fois de plus, ton jugement n'a pas été pris en défaut : dans son genre, c'est un vrai bijou qui vaut cent fois mieux que Heronside. Il y a ici une atmosphère unique. Bien sûr, tout n'est pas parfait, il y aura des frais à engager, mais ils ne seront pas considérables, à mon avis du moins.

– Si tu veux le mien, la maison a surtout besoin d'être redécorée à neuf. Et dans ce domaine, Meredith, personne au monde n'est mieux placé que toi !

Meredith s'abstint de répondre.

– Buvons à notre nouvel hôtel ! reprit Patsy en levant sa tasse de thé. Qu'il soit prospère à jamais !

– Voilà un toast que je porte avec joie. À Skell Garth !

10

– Vous ne pouvez pas tabler sur moins de six mois pour les travaux de gros œuvre ! Vouloir ramener le délai à quatre mois vous exposerait à de graves déboires.

Luc de Montboucher accompagna sa mise en garde d'un regard appuyé, qu'il posa tour à tour sur Meredith et Agnès d'Auberville.

– Nous espérions ouvrir cet été…, commença Agnès.

– Impossible ! l'interrompit-il. Les aménagements que vous prévoyez sont trop nombreux et trop importants pour être bâclés. Certains sont même indispensables – je pense aux planchers, aux fenêtres, aux cloisons, sans parler de la plomberie et de l'électricité. Franchement, l'entreprise aura même du mal à tenir un délai de six mois.

– La maison n'est pourtant pas si vaste ! protesta Agnès. Tu l'as visitée deux fois cette semaine, Meredith. Qu'en penses-tu ?

Ils déjeunaient tous trois au Relais Plaza après avoir passé la matinée du vendredi à étudier les plans et devis de rénovation du manoir de Montfort-l'Amaury.

– La maison n'est pas grande, c'est vrai. Mais je l'ai trouvée plus délabrée que je ne m'y attendais – en beaucoup moins bon état, en tout cas, que ne l'était le château de Cormeron quand nous l'avons acheté. À mon avis, Luc a tout à fait raison. J'irais même jusqu'à dire que nous prenons des risques en ne prévoyant que six mois pour les gros travaux. Il serait plus raisonnable d'en compter huit.

Avant que Luc n'ait pu placer un mot, Agnès s'exclama :

– Mais enfin, nous avons restauré et décoré Cormeron de fond en comble en un an et il a le double de surface !

– Je sais, mais je te répète qu'il était en meilleur état. Nous ne pouvons pas imposer à Luc des délais irréalistes sans risquer des mauvaises surprises.

– Merci de comprendre si bien mes problèmes, Meredith, dit Luc avec un large sourire.

Dès leur première rencontre, Meredith avait éprouvé pour lui une vive sympathie. Il combinait le charme de l'homme du monde et le sérieux du professionnel chevronné.

– Quand serons-nous en mesure d'ouvrir, dans ces conditions ? voulut savoir Agnès.

– Pas avant le printemps 96, nous n'avons guère le choix. Luc a compris ce que nous voulons réaliser et il sera bientôt fixé sur ce qui est réellement faisable. Pensez-vous que les travaux pourraient commencer d'ici un mois, Luc ?

– Oui, sans problème. Je vous soumettrai les plans et le planning définitifs dans quelques jours. Dès que vous m'aurez donné le feu vert, nous démarrerons sans perdre de temps. L'entreprise sera à pied d'œuvre à la fin janvier de sorte que, sauf cas de force majeure, nous devrions avoir terminé au plus tard à la fin juillet. Merci encore de m'avoir donné deux mois de plus, mais je crois que nous n'en aurons pas besoin. Le chantier peut être bouclé en six mois.

– Tant mieux, Luc. Quant à nous, Agnès, nous ferons appel immédiatement après aux peintres, aux tapissiers et aux autres corps de métier, ils ne devraient pas en avoir pour plus de quatre ou cinq mois. Et dès la semaine prochaine nous définirons les grandes lignes de la décoration.

– Bon, soupira Agnès. Si tu estimes qu'il nous faut un an, va pour un an. Tu connais mon tracassin, j'ai trop souvent tendance à confondre vitesse et précipitation.

– *Chi va piano va sano*, dit Meredith en riant.

– Je me réjouis que nous soyons tous d'accord, commenta Luc. Permettez-moi seulement d'ajouter que le manoir a beaucoup de possibilités. Vous avez fait le bon choix.

– Grâce à toi, Agnès, déclara Meredith. C'est toi qui as su le repérer et le juger.

– Affaire réglée, donc, dit Agnès. Et maintenant, quels sont tes projets pour le week-end ?

– Rien de particulier, répondit Meredith. Je pensais tout simplement me reposer, faire du lèche-vitrines samedi, peut-être un tour aux Puces dimanche. Ne t'inquiète pas pour moi, je sais que tu as fort à faire en ce moment.

– C'est vrai, admit Agnès, avec Alain et Chloé

110

qui attrapent la grippe en même temps! Dieu merci, ils ont quand même eu la bonne idée de ne pas me la passer.

Depuis quelques instants, Luc regardait Meredith avec insistance.

– Si vous n'avez vraiment rien prévu de particulier ce week-end, lui dit-il, puis-je vous inviter à venir le passer chez moi à la campagne? Je pars en voiture demain. Si vous acceptez, je vous ramènerai à Paris lundi matin.

Meredith hésita.

– C'est très aimable à vous, Luc, mais je ne voudrais pas m'imposer.

– Vous ne vous imposerez pas du tout, au contraire! Il n'est pas question d'une grande réception mondaine, si c'est ce qui vous inquiète. En fait, vous serez ma seule invitée et je crains que vous ne risquiez fort de vous ennuyer. Mais la campagne est si belle, en ce moment.

– Luc a une maison absolument ravissante dans le Val de Loire, intervint Agnès. Je suis sûre qu'elle te plaira beaucoup. À ta place, je sauterais sur l'occasion.

– Agnès a raison, Meredith, dit Luc avec un sourire amusé. Faites-moi plaisir, dites oui.

– Eh bien, soit, dit Meredith en riant. Et merci encore.

Après le déjeuner, les deux amies regagnèrent à pied les bureaux de Havens Inc., proches de la Concorde, entre la rue de Rivoli et la rue Saint-Honoré.

– Je ramasse des tissus et des papiers peints depuis des semaines, dit Agnès en exhibant deux grands sacs débordant d'échantillons. Assieds-toi là, nous allons commencer à les trier. Plus tôt nous aurons une idée de ce que nous voulons, plus nous gagnerons du temps par la suite.

– Tu as pillé tout Paris, ma parole ! s'écria Meredith en riant. Je n'imaginais pas qu'il puisse y en avoir autant.

Elle sortit d'un sac un tissu à ramages rouges et bleus qu'elle examina avec attention :

– Celui-ci me plaît. On dirait du Manuel Canovas.

– C'est un très beau parti, tu sais.

– Qui ? Manuel Canovas ?

– Mais non ! Luc de Montboucher.

– Ah bon ?

– Pourquoi prends-tu cet air étonné ?

– Il y a de quoi, Agnès ! Je ne savais pas que tu avais ouvert une agence matrimoniale.

– Je ne le fais qu'à mes moments perdus, répondit Agnès en pouffant de rire. En fait, je n'y pensais pas le moins du monde jusqu'à ce qu'il t'invite pour le week-end. Alors, je me suis dit que, ma foi... Il est beau garçon, riche, célèbre dans sa profession et, mieux encore, disponible.

– Divorcé ?

– Non. Je me demande même s'il a été marié. Attends... Il me semble qu'il est veuf, mais je n'en suis pas sûre. Je demanderai à Alain, ils se connaissent bien.

– Quel âge a-t-il ? Une quarantaine d'années ?

– Un peu plus, dans les quarante-cinq ans, je crois. Je vérifierai et je t'appellerai ce soir à ton hôtel.

Meredith ne put s'empêcher de rire.

– Je t'en prie, Agnès! Il ne m'a pas demandée en mariage, il m'a seulement invitée à passer le week-end dans sa maison de campagne!

– Je sais. Mais d'un autre côté, très chère Meredith, j'ai la nette impression que tu lui as tapé dans l'œil. Je ne suis pas aveugle, je vois bien la manière dont il te dévore du regard depuis trois jours.

– Et de quelle *manière*?

– Avec… comment dire… avec intérêt et curiosité. Tu l'intrigues et il meurt d'envie de te connaître mieux, cela crève les yeux. Et toi, il te plaît?

– Bien sûr, sinon j'aurais inventé un prétexte pour refuser son invitation.

– En tout cas, il a un réel talent d'architecte – tu as d'ailleurs vu des exemples de ses réalisations. Nous avons beaucoup de chance qu'il ait bien voulu se charger de notre chantier, il est très demandé – à tous points de vue.

Meredith l'interrompit pour changer de sujet :

– D'après ce que tu en disais tout à l'heure, tu connais sa maison de campagne.

– Oui, Alain et moi y sommes allés plusieurs fois, mais toujours en été. Ce n'est pas un château à proprement parler, plutôt un beau vieux manoir comme il y en a beaucoup dans la région. Il est situé entre Ménars et Talcy.

– Où cela se trouve-t-il par rapport à Corme-ron ?

– Plus au nord-est, entre Blois et Orléans. Tu connais Chambord ? Eh bien, c'est presque en face à vol d'oiseau, sur la rive droite de la Loire.

– Je vois. Et comment est la maison ?

– Superbe. Elle est dans sa famille depuis des siècles et a toujours été bien entretenue. Luc y passe presque tous ses week-ends, elle est à peine à deux heures de Paris.

– Heureusement que j'ai pensé à apporter des tenues un peu plus sportives que mes tailleurs de ville, dit Meredith qui commençait à se demander non sans inquiétude ce que lui réserverait ce week-end imprévu.

– Sois tranquille, c'est sûrement le cadet de ses soucis. Mais revenons à nos moutons ! Que penses-tu de ce tissu mural ? dit Agnès en lui tendant un échantillon.

– Pas mal du tout.

– Tu sais, Luc te dévorait *vraiment* des yeux, insista Agnès. Je n'invente rien.

Meredith éclata de rire.

– Tu es *vraiment* incorrigible ! Je me demande si nous ne devrions pas créer une filiale que tu dirigerais, une agence matrimoniale intitulée « Mariages en tous genres » !

11

La première vision qu'eut Meredith du château du Clos fut une image double : la maison
elle-même et son reflet dans la vaste pièce
d'eau devant la façade.

– Que c'est beau ! s'écria-t-elle.

Luc de Montboucher avait arrêté la voiture
dans l'avenue et entraîné Meredith un peu à
l'écart.

– Je voulais vous montrer ce point de vue
avant d'arriver, lui dit-il, il surprend tous ceux
qui le découvrent pour la première fois. La
symétrie du reflet est si parfaite qu'elle ne cesse
de m'étonner moi-même.

– *Tout* est parfait, murmura-t-elle.

Dans son écrin de grands arbres, la façade
de brique rose et de pierre blanche formait,
avec le gris-bleu du haut toit d'ardoises, une
symphonie de couleurs douces se détachant
sur le ciel d'hiver, d'un bleu tendre dont seul le
Val de Loire possède le secret.

– Quand le château a-t-il été bâti ? demanda
Meredith.

– Au début du XVIIe siècle, sous Louis XIII.
Les jardins ont été dessinés cinquante ans plus
tard par Le Nôtre, dit-on dans la famille. Je
crois pour ma part qu'il devait plutôt s'agir
d'un de ses élèves. Mais retournons à la voiture,
poursuivit-il en lui prenant le bras. Après le

déjeuner, nous ferons le tour des jardins, bien qu'ils ne soient pas au mieux de leur splendeur en cette saison.

– Peu importe, j'aime les jardins en hiver. Ils sont souvent plus attachants, parce qu'on peut les imaginer parés de couleurs qu'ils n'auraient pas dans la réalité.

Ils remontèrent en voiture. Meredith regarda avec curiosité de chaque côté de la longue avenue de platanes et remarqua un petit étang adossé à un bouquet d'arbres.

– J'ignore pourquoi, dit-elle, mais j'ai toujours été attirée par l'eau et les maisons qui en sont proches.

– Je vous comprends, je partage ce sentiment. Une masse ou un cours d'eau au milieu des terres rehausse, en quelque sorte, la nature qui l'entoure et les bâtiments qui s'élèvent sur ses bords. Nous avons la chance d'avoir beaucoup d'eau, ici. La Loire est à côté, la Sologne n'est pas loin. Un de mes ancêtres devait avoir la passion des fontaines, vous en trouverez une bonne douzaine dans le parc – certaines encore superbes et en état de marche, ajouterai-je.

– J'ai hâte de les admirer. Vous savez, Luc, tous mes hôtels sont plus au moins au bord de l'eau, sauf Montfort-l'Amaury. C'est la seule chose qui m'a chiffonnée quand je l'ai visité pour la première fois au début de la semaine.

– Je peux faire creuser un étang ou une pièce d'eau, si vous voulez. Il y a assez de terrain autour de la maison pour aménager une perspective. Qu'en pensez-vous ?

– J'en parlerai à Agnès, mais vous me donnerez d'abord une idée de ce que cela coûterait.

– Cela va sans dire. Ah! Nous arrivons.

La voiture entra dans une cour pavée, délimitée par la façade arrière de la maison et deux petites ailes en retour d'équerre. À peine Luc eut-il stoppé devant le perron large et bas qu'un valet de chambre entre deux âges apparut et descendit les marches.

– Bonjour, Vincent! lança Luc. Vincent et Mathilde, sa femme, font marcher la maison avec une efficacité et un dévouement dignes d'admiration, expliqua-t-il à Meredith. Je ne sais pas ce que le Clos deviendrait sans eux.

Pendant que Vincent sortait les bagages du coffre, Luc fit entrer Meredith dans un vestibule carré, au dallage de pierres blanches à cabochons d'ardoise. Des tapisseries ornaient les murs, un grand miroir surmontait une console de marbre sur son piétement de bois doré. Meredith remarqua le départ d'un escalier à volées droites et rampe de fer forgé; son style, plus tardif et plus majestueux que l'architecture de la maison, le rendait sans doute contemporain des jardins et autres embellissements apportés par un fastueux ancêtre sous le règne du Roi-Soleil.

Du fond du vestibule, une petite femme replète accourut vers eux en souriant.

– Ah! Voici Mathilde, dit Luc.

Les salutations échangées, Mathilde débarrassa Meredith de son manteau et offrit de la conduire à sa chambre.

– J'ai demandé à Mathilde de vous préparer l'appartement de ma grand-mère, dit Luc. J'espère qu'il vous conviendra. En tout cas, la vue devrait vous plaire, les fenêtres ouvrent sur le parc et la pièce d'eau.

– J'y serai merveilleusement bien, j'en suis sûre.

Précédés par Mathilde et suivis de Vincent chargé des bagages, ils montèrent l'escalier qui aboutissait à une galerie éclairée par des fenêtres donnant sur la cour. Au bout de la galerie, Mathilde ouvrit une porte.

– Le boudoir, expliqua Luc. La chambre à coucher et la salle de bains sont de ce côté. Ma grand-mère était tombée amoureuse de ce petit appartement dont elle a fait son domaine. Elle y est d'ailleurs toujours présente, ajouta-t-il en montrant un portrait au-dessus de la cheminée.

Meredith s'en approcha. Rose de Montboucher était une jeune femme d'une remarquable beauté. Des boucles d'or roux encadraient un visage aux traits fins, à la bouche expressive et généreuse. Le peintre avait su capturer sur la toile sa personnalité chaleureuse, irradiant une extraordinaire joie de vivre. D'après la coiffure, la robe et les bijoux, le portrait avait dû être exécuté dans les années vingt.

– Votre grand-mère était ravissante – et encore, ce mot ne lui rend pas justice ! s'exclama Meredith. Quelque peu malicieuse aussi,

118

si j'en crois l'éclat de ses yeux bleus et son sourire, disons… coquin.

– Bien vu ! approuva Luc en riant. C'est vrai, elle adorait plaisanter et elle débordait d'une gaieté irrésistible. Quand je l'ai connue, elle était évidemment beaucoup plus âgée que sur ce portrait, mais elle n'avait pas changé de caractère. « Quel tour pendable nous mijote-t-elle encore ? » disait souvent mon père, l'aîné et le préféré de ses quatre enfants. Elle était surtout une conteuse inégalable, qui me fascinait des heures durant dans mon enfance. L'expression irlandaise « embrasser la pierre de Blarney », pour dépeindre ceux qui ont la langue bien pendue, lui allait à merveille.

– Elle était irlandaise ?

– Oui. Mon grand-père avait fait sa connaissance à Dublin au cours d'un bal. Mais il est midi passé, ajouta Luc en jetant un coup d'œil à sa montre, il faut que je vous laisse. Rejoignez-moi vers une heure à la bibliothèque. Aurez-vous le temps de vous installer, de vous rafraîchir ?

– Bien sûr. Sauf que… où est la bibliothèque ?

Luc s'apprêtait à sortir. Il s'arrêta, l'air penaud.

– Suis-je bête ! dit-il en riant. J'oubliais que vous ne connaissiez pas la maison. C'est la dernière pièce en enfilade après le grand et le petit salon, la porte à droite dans le vestibule. Nous y boirons un verre avant le déjeuner.

– Avec plaisir. À tout à l'heure, Luc.

Une fois seule, Meredith retourna vers le portrait qu'elle contempla longuement, les yeux mi-clos. Rose de Montboucher lui rappelait quelqu'un. Mais qui ? Pas son petit-fils, en tout cas : Luc était brun aux yeux noirs. Voyons, une femme d'un blond presque roux, aux yeux très bleus. Une image lui traversa l'esprit, un fragment de souvenir si fugace qu'il s'évanouit aussitôt. Finalement, elle abandonna sa vaine recherche et passa dans la chambre à coucher.

À peine Meredith en eut-elle franchi le seuil qu'un sourire apparut sur ses lèvres. Elle avait rarement vu pièce plus accueillante, plus pleine de charme. Les flammes qui dansaient dans la cheminée de marbre gris réchauffaient de reflets rosés la délicate harmonie gris perle et bleu pastel des tentures, du velours des fauteuils et des rideaux de satin du lit à baldaquin. Chaque meuble, chaque objet respirait l'élégance d'une époque où l'on s'entourait de beauté non par souci d'un luxe ostentatoire, mais dans le seul dessein de créer autour de soi une atmosphère aimable.

Sur une coiffeuse, près d'une collection de flacons de cristal et de brosses d'argent au chiffre de Rose de Montboucher, Meredith remarqua la photographie d'un bel homme brun en tenue de soirée, dans lequel elle crut d'abord reconnaître Luc. La coupe de l'habit l'en détrompa aussitôt : ce ne pouvait être que son grand-père, l'époux de Rose, mais la ressemblance était frappante.

L'heure tournait, Luc l'attendait. S'arrachant à regret à sa visite, Meredith entreprit de défaire ses valises.

12

Dans le bureau qu'il s'était aménagé au rez-de-chaussée des anciens communs, Luc était assis à sa table à dessin, un jeu de plans étalé devant lui. Ils avaient été réalisés par un de ses collaborateurs et il devait les vérifier afin de les rapporter à Paris le lundi. Mais il avait l'esprit ailleurs, très loin de son travail.

Il pensait à Meredith Stratton.

Depuis qu'il l'avait vue pour la première fois le mercredi matin à Montfort-l'Amaury, il ne pouvait penser à rien ni à personne d'autre. Sensible aux formes de par sa profession d'architecte, il avait d'abord été frappé par son aspect physique, son élégance innée, sa taille, sa blondeur, le vert peu commun de ses yeux rêveurs et expressifs. Ne pouvant supporter la coquetterie et la frivolité, il avait apprécié son assurance et sa simplicité. En parlant affaires avec elle sur un plan d'égalité, il s'était rendu compte qu'elle était directe, organisée, claire dans ses jugements et ferme dans ses décisions, qualités qui avaient achevé de le conquérir, car il ne détestait rien tant que les femmes qui vivent dans la confusion et sèment le chaos dans la vie des autres. Son énergie et sa vivacité le stimulaient comme il ne l'avait pas été depuis longtemps.

Quel malheur qu'elle vive à New York! se

répétait-il en tapotant distraitement sa planche à dessin du bout de son crayon. Bien sûr, ce n'était pas si loin qu'il dût faire une croix définitive sur l'espoir de nouer avec elle des relations durables. Grâce au Concorde, Manhattan n'était qu'à trois heures et demie de Paris, quatre tout au plus. Trois semaines auparavant, en l'empruntant pour aller voir un client, il avait été étonné par la simplicité du voyage.

Luc voulait, non, éprouvait un véritable *besoin* de connaître mieux Meredith Stratton. De la connaître intimement. Elle l'attirait comme aucune autre femme ne l'avait séduit de longtemps. Depuis le mercredi soir, après leur première séance de travail, elle lui inspirait un désir qui ne cessait de croître.

Presque malgré lui, il s'en était ouvert à Agnès le jeudi soir, en se bornant toutefois à lui dire que Meredith l'intriguait et qu'il souhaitait mieux la connaître. En guise de «couverture», il pensait inviter les d'Auberville au Clos en même temps que Meredith. Agnès s'était récusée à cause de la grippe de son mari et de sa fille, puis elle avait d'elle-même suggéré à Luc d'inviter de toute façon Meredith : «Nous devons déjeuner ensemble après notre rendez-vous de vendredi matin. Faites-moi confiance, j'orienterai la conversation, cela viendra tout naturellement.» À ses protestations, elle avait répondu par un éclat de rire : «Ne soyez pas un dégonflé, Luc! Meredith n'a strictement rien à faire ce week-end et elle n'a pas d'autres amis que nous à Paris. Mon petit doigt me dit que vous lui plaisez et qu'elle acceptera – et mon petit doigt ne se trompe jamais ! Vous ne le regretterez pas, vous verrez. Elle est merveilleuse, tout le monde est amoureux d'elle. »

L'amour. Le retrouverai-je jamais ? se demanda-t-il. Luc n'envisageait pas le moins du monde de finir ses jours dans la solitude. Mais l'amour, jusqu'à présent, semblait vouloir le fuir. Après la mort d'Annick, sa vie s'était arrêtée. Il avait essayé en vain de surmonter sa douleur, de reprendre le cours d'une existence normale. Les quelques tentatives de ces dernières années s'étaient soldées par des échecs. Il avait rencontré des femmes charmantes, certes, et pourvues d'indéniables qualités, mais aucune n'avait allumé en lui la moindre étincelle – au point qu'il s'était depuis peu résigné à cet état de choses.

Jusqu'à l'apparition de Meredith Stratton. Elle l'avait si totalement captivé, sans même en avoir conscience, qu'il était lui-même stupéfait de l'intensité de ses sentiments. Son désir, mieux, son besoin de partager avec elle sa personne et sa vie entière s'exprimait avec une telle force qu'il était incapable d'y résister. Combien de fois dans sa vie un homme est-il en proie à ce genre de passion ? Une fois, peut-être ? Non, se corrigea-t-il. Dans son cas, deux fois. Annick, sa femme, lui avait inspiré des sentiments aussi profonds, aussi violents.

Qui êtes-vous, Meredith Stratton ? se demanda-t-il en crayonnant son nom sur un bloc. Qu'est-ce qui trouble votre sérénité, malgré vos efforts pour le dissimuler ? Quelle est la source de cette profonde tristesse qui vous afflige malgré vous ? Quelle personne, quel événement vous a blessée si douloureusement que votre âme en reste affectée ? D'emblée, Luc avait discerné en Meredith la trace de pénibles épreuves passées. Il voyait dans ses yeux verts le reflet d'un chagrin infini. Il voulait apaiser cette douleur secrète, chasser cette tristesse et il était sûr d'y parvenir – si elle voulait bien lui en offrir la possibilité.

De peur de paraître indûment indiscret, Luc s'était abstenu d'interroger Agnès. D'ailleurs, au plus profond de lui-même, il connaissait déjà Meredith. Il savait d'instinct qu'elle était foncièrement bonne et droite.

Un regard à son horloge de bureau lui apprit qu'il était midi trente. Impatient, il jeta son crayon, se leva, s'étira et monta quatre à quatre le petit escalier de service qui menait à sa chambre. Puis, tout en enlevant son blazer, il alla dans la salle de bains, où il s'aspergea le visage d'eau froide et s'examina dans la glace d'un regard critique.

Quelques fils gris commençaient à se glisser dans sa chevelure noire. Son visage montrait des traces de lassitude, le fin réseau de rides autour de ses yeux gagnait du terrain. Il paraissait, se dit-il, plus que ses quarante-trois ans.

Meredith aussi avait la quarantaine, Agnès le lui avait dit avant qu'elle arrive de Londres. Était-ce trop tard pour avoir un enfant ? Chez certaines femmes, peut-être ; chez d'autres, non. Depuis toujours, il voulait des enfants et n'en avait jamais eu. Fallait-il le regretter, tout compte fait ? Le monde actuel devenait impitoyable et Luc prenait conscience qu'il voulait empoigner la vie pendant qu'il était temps, qu'il *devait* profiter de tout ce qu'elle pouvait encore lui apporter de bonheur à partager avec la femme aimée. L'amour partagé est plus précieux qu'une hypothétique descendance et Meredith le rendrait heureux, il le savait.

Il se détourna du miroir, remit sa veste, descendit le grand escalier d'un pas rapide et traversa les salons. Tout était prêt à la bibliothèque. Le feu flambait gaiement dans la cheminée, les verres et les bouteilles étaient disposés sur le plateau. Il ne lui restait qu'à attendre Meredith.

Pour tromper son impatience, il alla se poster devant une des portes-fenêtres. Malgré l'hiver, le jardin était aussi beau que jamais. Entre les bordures de buis, des plaques de neige à demi fondue émaillaient les parterres comme des floraisons fantastiques. Dieu merci, ses sœurs n'étaient pas venues ce week-end ! Luc avait beau les aimer tendrement, elles et leurs maris, il se félicitait d'avoir la maison pour lui seul. Non qu'il ait tendu à Meredith un guet-apens dans le dessein de la séduire, ce n'était pas son genre – il aimait, au contraire, que les événements suivent leur cours naturel. Mais il préférait la recevoir dans une atmosphère détendue, sans lui donner l'impression qu'il l'exhibait devant sa famille.

Un léger bruit de pas le fit se retourner. Meredith traversait le petit salon et il éprouva, à sa vue, le même élan de joie que lors de ses précédentes apparitions.

– Entrez, entrez ! s'écria-t-il. Venez vous asseoir près du feu. Que voulez-vous boire ? Champagne ?

– Volontiers, merci.

Luc ne put s'empêcher de l'observer du coin de l'œil pendant qu'il débouchait la bouteille. En tailleur pantalon beige, elle était éblouissante – mais bien sûr, se dit-il avec un sourire, son jugement n'avait rien d'objectif.

Il lui tendit sa flûte et s'assit en face d'elle.

– Êtes-vous bien installée chez ma chère grand-mère ?

– À merveille. J'adore la chambre et le boudoir. Et cette salle de bains, Seigneur ! Je connais des appartements entiers qui y tiendraient à l'aise, dit-elle en riant. Cette maison est superbe, Luc. Y avez-vous passé votre enfance ?

– Oui, en grande partie. Avec mes sœurs, Isabelle et Nathalie. Elles sont plus jeunes que moi, mais nous nous amusions beaucoup. Une propriété comme celle-ci est un vrai paradis pour les enfants.

– Vous avez donc eu une enfance heureuse.

– Pas toujours. Mon père avait un sens de la discipline plutôt strict. Il n'avait pas tort, à vrai dire. Mais vous me paraissez mélancolique. Quelque chose vous chagrine ?

– Non, rien. Je pensais simplement que mon enfance a été très différente…

Elle s'interrompit, étonnée de ce qu'elle venait de dire. Jamais jusqu'alors elle n'avait fait à

126

quiconque de confidences sur son enfance. Qu'est-ce qui la poussait à tenir de tels propos? À son expression, Luc se douta aussitôt qu'elle le regrettait.

– Vous avez pourtant grandi à la campagne, vous aussi? Dans le Connecticut, je crois?

– Non. Agnès a dû vous dire que j'étais originaire de là-bas, car j'y ai ma maison de famille et j'y possède un hôtel. En réalité, j'ai passé toute mon enfance et mon adolescence en Australie. À Sydney, plus précisément.

– Vraiment? Vous êtes australienne?

– Oui. J'y suis née, du moins, et j'en ai gardé la nationalité jusqu'à l'âge de vingt-deux ans, quand j'ai été naturalisée américaine. Il y a tout juste vingt-trois ans cette année, ajouta-t-elle.

– Vous n'avez sûrement pas quarante-cinq ans! s'exclama Luc avec une réelle surprise.

– Vous êtes trop galant, dit-elle en souriant. En fait, j'en ai quarante-quatre jusqu'au début mai.

– Eh bien, confidence pour confidence, j'en aurai quarante-quatre le 3 juin.

– Alors, bon anniversaire... anticipé!

Ils choquèrent leurs flûtes en riant. Luc marqua une pause avant de reprendre la parole:

– Parlez-moi de votre enfance. Je crois comprendre qu'elle n'a pas été heureuse.

– Épouvantable. Aucun enfant ne devrait être exposé à ce que j'ai subi, lâcha Meredith.

Mortifiée de cet aveu involontaire, elle se détourna vers les flammes en se mordant les lèvres. Voilà donc la cause profonde de sa douleur et elle en cache sûrement bien davantage, pensa Luc qui laissa de nouveau passer quelques instants pour lui permettre de reprendre contenance.

– Savoir que vous avez été malheureuse me fait beaucoup de peine, Meredith. Que vous est-il arrivé ?

– J'ai perdu mes parents à dix ans. Ils sont morts tous deux dans un accident de voiture. Après, j'ai été ballottée ici et là. C'était souvent très dur…

Elle s'interrompit, le regarda dans les yeux.

– Mais c'est de l'histoire ancienne, reprit-elle avec un sourire contraint. Tout cela est oublié, maintenant.

Luc n'en crut pas un mot.

– Quand êtes-vous venue en Amérique ?

– Je suis arrivée dans le Connecticut à dix-sept ans avec une famille américaine qui habitait Sydney. Un peu plus tard, j'ai travaillé pour Jack et Amelia Silver qui ont transformé mon existence, dit-elle avec un vrai sourire. En un sens, j'étais pour eux la jeune sœur qu'ils n'avaient jamais eue. Ils n'étaient pas beaucoup plus âgés que moi, voyez-vous, à peine plus de trente ans. Amelia et Jack ont vraiment compensé mes mauvaises années – et au-delà.

Luc s'abstint de répondre. La tristesse qu'il avait vue quelques instants plus tôt voiler l'éclat de ses yeux verts s'était évanouie, mais il sentait qu'elle n'était pas loin et reviendrait au premier prétexte. Saurait-il la chasser à jamais ? Il voulait au moins essayer.

– Vous me regardez fixement, Luc. Qu'y a-t-il ? Aurais-je une tache sur le bout du nez ?

– Non, Meredith. Je vous admirais, voilà tout. Vous êtes si belle que je ne peux pas m'en empêcher.

Elle s'en voulut de se sentir rougir. Luc n'était pourtant pas le premier homme qui lui faisait un compliment.

– Merci, parvint-elle à répondre. Comme je vous le disais, vous êtes trop galant et...

À son vif soulagement, la sonnerie du téléphone lui coupa la parole. Luc alla décrocher l'appareil, posé sur une table à l'autre bout de la pièce.

– Oui, je vous la passe, dit-il un instant plus tard. C'est pour vous, Meredith. Votre fille, Catherine.

Avec un cri de joie, Meredith courut prendre le combiné. Luc se posta devant la porte-fenêtre, le dos tourné par discrétion. Meredith l'obsédait plus que jamais. Ses révélations sur son passé, pour sommaires qu'elles aient été, lui conféraient une aura de mystère qui la rendait encore plus irrésistible.

Malgré lui, il entendit ce qu'elle disait :

– J'en suis folle de joie pour toi, ma chérie. Oui, je serai à Paris lundi, mais je ne rentrerai pas à la maison d'ici au moins une semaine. Entendu, je t'appellerai mercredi. Embrasse Keith de ma part et n'oublie pas de prévenir Jon. Au revoir, ma chérie. Je t'aime.

L'entendant raccrocher, Luc se tourna vers elle.

— Ma fille m'apprend qu'elle est fiancée depuis hier soir, lui dit-elle avec un sourire qui l'éblouit. Elle est au septième ciel.

— C'est merveilleux ! Voilà une nouvelle qui mérite que nous lui portions un toast, déclara-t-il en remplissant leurs flûtes.

— À l'amour ! dit-il en la regardant dans les yeux.

— À l'amour, Luc.

Meredith lui rendit son regard, se sentit de nouveau rougir et se hâta d'aller se rasseoir. Luc la rejoignit mais resta debout, le dos à la cheminée.

— Quel âge a votre fille, Meredith ?

— Vingt-cinq ans. Mon fils Jonathan a vingt et un ans, il fait ses études de droit à Yale.

— J'ai étudié l'architecture à Yale. Quelle coïncidence ! Il s'y plaît ?

— Beaucoup.

— Moi aussi. J'y ai passé les plus belles années de ma vie, ajouta-t-il en riant.

— Vraiment ?

— Enfin... jusqu'à un certain point. J'en ai eu quelques autres, avant et après.

Ils burent un instant en silence.

— Avez-vous été marié, Luc ?

— Bien sûr. Agnès ne vous l'a pas dit ?

— Non. Pourquoi m'en aurait-elle parlé ?

— Pour rien. Je croyais, c'est tout. Oui, j'ai été marié. Annick, ma femme, est morte il y a six ans. Emportée en quelques mois par un type particulièrement virulent de cancer, selon les médecins. Elle avait trente-sept ans, nous n'étions mariés que depuis huit ans. Et nous n'avons pas eu d'enfants, ajouta-t-il.

Meredith ne répondit pas. Elle se jugeait impardonnable d'avoir abordé sans réfléchir un sujet aussi douloureux. Luc remit des bûches dans la cheminée. Le silence s'éternisa.

– Quoi qu'en pensent certains, dit-elle enfin, personne n'a une vie toujours facile. À un moment ou à un autre, il survient toujours des problèmes, des épreuves, des chagrins. La maladie, la perte d'un être cher.

– C'est vrai. Ma chère grand-mère irlandaise, qui était aussi sage que belle, nous répétait quand nous étions petits que la vie n'était pas une partie de plaisir et qu'il en serait toujours ainsi. Tel est notre sort à nous, pauvres mortels, disait-elle, c'est pourquoi nous devons sauter sur le bonheur qui passe avant de le laisser s'échapper. Et si nous avons la chance de trouver l'âme sœur, il ne faut la lâcher sous aucun prétexte et la garder toujours. Voilà ce que disait ma grand-mère Rose et j'ai toujours pensé que la vérité parlait par sa bouche, conclut-il en souriant.

– Je n'ai jamais trouvé l'âme sœur, dit Meredith, qui regretta aussitôt d'avoir prononcé ces mots.

– Moi si. Et elle est morte…

Luc marqua une pause.

– Je n'ai plus trouvé personne depuis, reprit-il. Mais je n'ai pas perdu tout espoir de la rencontrer.

Meredith parut ne pas comprendre le sous-entendu de sa déclaration ni le regard qu'il posait sur elle.

– Le père de Catherine est mort, lui aussi, dit-elle au bout d'un nouveau silence. Mais il était marié, je n'avais aucun espoir de l'épouser un jour. J'ai divorcé du père de Jonathan, nous étions trop mal assortis.

– Il y a longtemps ? demanda Luc.

– Seize ans.

Que m'arrive-t-il ? se demanda Meredith. Pourquoi me laisser aller à toutes ces confidences ? Pourquoi révéler tant de détails intimes à cet inconnu ?

– Vous rencontrerez l'âme sœur, Meredith, j'en suis certain, dit-il – en s'abstenant de justesse d'ajouter que la rencontre était en train de se produire.

L'apparition de Mathilde venant annoncer que le déjeuner était servi évita à Meredith de répondre.

– À table ! s'écria Luc en se levant. Je ne sais pas si vous avez faim, Meredith, mais moi je tombe d'inanition !

– Moi aussi, Luc.

– J'ai demandé à Mathilde de nous préparer un simple menu campagnard. J'espère qu'il vous plaira.

– Sûrement, j'adore les choses simples.

Face à face, ils échangèrent un regard, un

sourire. Luc lui prit le bras pour la guider vers la salle à manger.

Alors, Meredith oublia ses réticences et son regret de s'être confiée à Luc. Elle sentait d'instinct qu'elle pouvait avoir confiance en lui, qu'il ne la jugerait pas.

Avec Luc de Montboucher, elle était en sûreté.

13

Ainsi qu'il le lui avait promis, Luc emmena Meredith faire le tour des jardins après le déjeuner. Tout en marchant, ils bavardèrent de choses et d'autres, mais la conversation revint bientôt sur la grand-mère de Luc, sur laquelle il avait à raconter de nombreuses et distrayantes anecdotes.

— La manière dont vous en parlez la rend si vivante, Luc, que je regrette de ne pas l'avoir connue, dit Meredith.

— Elle vous aurait sûrement plu. Elle avait une personnalité hors du commun et un courage à toute épreuve. Elle gouvernait la famille d'une main de fer – dans un gant de velours, bien entendu, ajouta-t-il en riant. À chacun de ses anniversaires, mon père lui portait toujours le même toast : «À un grand homme du nom de Rose !»

— Comme disait Voltaire à propos de la

Grande Catherine de Russie, enchaîna Mere-dith. Un des personnages historiques que je préfère, une femme forte et courageuse, elle aussi. Et qui n'obéissait qu'à ses propres lois.

– Comme la plupart des femmes exception-nelles.

– Si on veut. Parce qu'il arrive souvent qu'elles n'aient pas le choix.

Luc lui lança un regard intrigué. Ils étaient arrivés près d'un petit étang dont ils firent le tour.

– Elle m'a aussi appris à pêcher, dit Luc. Plus je repense à elle, plus je constate qu'elle savait tout faire.

– Votre grand-mère a eu vraiment de l'in-fluence sur vous, n'est-ce pas ?

– Bien sûr. C'est elle qui nous a élevés, voyez-vous. Ma mère est morte à trente-trois ans en mettant au monde notre petit frère Albert, qui n'a pas survécu. Nous en avons tous eu un immense chagrin, mon père plus encore que les autres. Il n'a pas voulu se remarier et je crois qu'il ne s'en est jamais consolé jusqu'à sa mort.

– Quand a-t-il disparu ?

– Il y a deux ans, terrassé par une attaque coronarienne à soixante et onze ans, ce qui n'était pas très âgé. Il ne s'est rendu compte de rien et n'a pas eu le temps de souffrir, Dieu merci. Pour un homme aussi actif que lui, se retrouver invalide aurait été terrible.

– Et votre grand-mère ?

– En 1990, à quatre-vingt-dix ans. Jusqu'au bout, elle a gardé toute sa tête. Un soir, elle est montée se coucher, le lendemain elle ne s'est pas réveillée. Ni elle ni mon père n'ont souffert. Une bénédiction, en un sens.

– Je me demande depuis tout à l'heure quel âge elle avait sur son portrait.

– Je ne sais pas au juste. Elle venait d'épouser mon grand-père, elle devait donc avoir une vingtaine d'années.

– Plus je la regarde, plus elle me rappelle quelqu'un, mais je n'arrive pas à trouver qui.

– Physiquement, ma sœur Nathalie lui ressemble beaucoup, mais vous ne l'avez sans doute jamais rencontrée.

– Non, en effet.

– Ni elle ni mon autre sœur Isabelle n'ont hérité de son tempérament. De ce point de vue, je suis celui de la famille qui lui ressemble le plus.

– Elle vous a fortement marqué, n'est-ce pas ?

– Oui, très. Je me rends compte que je pense comme elle et que j'ai même tendance à tout faire à sa manière. Une personne qui vous marque ainsi dès l'enfance laisse toujours sur vous une empreinte indélébile. Et vous, Meredith, quelqu'un vous a-t-il influencée dans votre enfance ?

– Non, personne, répondit-elle avec une véhémence qui l'étonna elle-même. J'ai toujours dû me débrouiller seule, tout apprendre par moi-même.

Ils s'arrêtèrent, face à face. Bouleversé par la tristesse qui lui voilait le regard, Luc aurait voulu la prendre dans ses bras. Il allait tenter de la consoler quand il vit un sourire reparaître sur ses lèvres.

– Jusqu'à ce que je rencontre à dix-huit ans,
reprit-elle, une femme merveilleuse. Amelia Silver. Elle a fait mon éducation pour beaucoup
de choses. Je lui dois tout ce que je sais dans le
domaine artistique. Jack, son mari, m'a profondément marquée, lui aussi.

– Ils vivent toujours dans le Connecticut ?

– Non, ils sont morts depuis plus de vingt
ans. Trop jeunes, hélas !

– Ils ont été votre véritable famille, en un
sens ?

– Oui, répondit-elle en se détournant. Mais
je ne les ai eus que trop peu de temps. J'avais
vingt-deux ans à la mort de Jack. Amelia l'a
suivi à peine un an plus tard.

Il y eut un silence. Luc voulut chasser la tristesse qu'il sentait remonter à la surface.

– Venez, allons jusqu'à la grande pièce d'eau.
C'est la partie la plus pittoresque du parc.

Ils n'y étaient pas encore arrivés quand Meredith se sentit soudain gagnée par un malaise,
une sourde nausée doublée d'une fatigue si vive
qu'elle craignit de s'évanouir et dut s'appuyer
sur le bras de Luc.

– Je ne sais pas ce que j'ai, Luc, je me sens
mal tout à coup et je tiens à peine debout.

– J'espère qu'Agnès ne vous a pas donné la
grippe.

– Sûrement pas, elle n'en était pas atteinte
elle-même.

– Serait-ce alors le vin du déjeuner ?

136

– Il était délicieux et j'en ai bu très peu. À vrai dire, je me sentais déjà un peu patraque en arrivant à Paris mardi soir. Il faut dire que j'avais passé ma matinée dans les ruines d'une abbaye du Yorkshire par un froid glacial. C'est sans doute là que j'ai attrapé froid. Mais comme j'allais mieux le lendemain matin, je n'y pensais plus. Et puis, je souffre peut-être tout simplement d'une combinaison de surmenage et de décalage horaire à retardement.

– C'est possible. Rentrons, Meredith. Vous vous reposerez jusqu'à ce soir, cela vous fera le plus grand bien.

Quand il la prit par la taille pour la soutenir, elle ne repoussa pas son bras.

Luc accompagna Meredith jusqu'à sa chambre. Avec sollicitude, il l'aida à se déchausser, la fit étendre sur le canapé du boudoir, la recouvrit d'une chaude couverture de mohair, remit des bûches dans le feu.

– Ne bougez pas, lui dit-il en souriant. Je vais vous monter du thé au miel et au citron, la panacée préférée de ma chère grand-mère. Vous m'en direz des nouvelles.

Meredith se laissa aller contre les coussins, si lasse qu'elle sombra aussitôt dans un profond sommeil. Elle se réveilla en sursaut quelques minutes plus tard, lorsqu'elle sentit sur son front la main de Luc relever une mèche qui lui tombait sur les yeux. L'intimité de ce geste l'étonna sans la choquer, tant il lui parut naturel.

– J'ai posé la théière et la tasse sur la table basse, lui dit-il à mi-voix. Buvez-le pendant qu'il est chaud. Et maintenant, je vous laisse vous reposer.

– Merci, Luc, vous êtes trop gentil. Je suis vraiment désolée d'avoir interrompu notre promenade, mais…

– N'y pensez plus, voyons.

Il éteignit la lampe, sortit sur la pointe des pieds. Pelotonnée sous la couverture, Meredith se tourna vers la cheminée, contempla les flammes qui dansaient et crépitaient en lançant des gerbes d'étincelles. Presque malgré elle, son regard se posa ensuite sur le portrait de Rose de Montboucher.

Le crépuscule approchant remplissait d'ombres la pièce sur laquelle le feu posait des reflets orangés. Dans cette lumière irréelle, le portrait de Rose semblait prendre vie. Ses traits expressifs s'animaient, ses yeux bleus pétillaient de gaieté, ses boucles d'or encadraient d'un halo son ravissant visage. Comme elle est belle, pensa Meredith.

Déjà, ses paupières se refermaient sur cette vision qui éveillait en elle des souvenirs confus, des bribes d'images qui tourbillonnaient dans sa mémoire sans réussir à prendre forme. Engourdie par la fatigue et la chaleur, elle sombra à nouveau dans un profond sommeil.

Et un rêve vint la visiter.

Un paysage désertique, désolé qui s'étend à perte de vue. Pas un arbre, pas un brin d'herbe, rien que la terre nue, desséchée, aride, sillonnée de crevasses.

Elle marche depuis des heures, des jours, des mois peut-être. La fatigue l'accable, mais une détermination qu'elle ne comprend pas la pousse à continuer. Elle sait que les enfants sont là, quelque part, parce qu'elle les a suivis jusqu'ici. Mais où sont-ils passés ? Du regard, elle scrute l'horizon, elle explore ce désert infini. Désespérément vide. Sans rien, sans nul endroit où ils puissent se cacher.

Aidez-moi, mon Dieu, aidez-moi à les retrouver ! implore-t-elle. Et elle comprend aussitôt que sa prière est vaine. Il n'y a pas de Dieu dans ce sinistre désert. Il n'y a pas de Dieu dans ce monde inhumain, étranger à Sa création.

Alors qu'elle ne s'y attendait plus, elle voit quelque chose bouger à l'horizon. Elle court. Soudain, la terre sèche et craquelée fait place à un marécage. Ses pieds s'enfoncent dans une boue visqueuse qui semble vouloir la retenir, l'aspirer. Elle s'obstine cependant, elle lutte, elle avance. Bientôt, la terre redevient sèche et elle reprend sa course.

À l'horizon, les formes se précisent, grandissent, se rapprochent comme si elles couraient à sa rencontre. Elle voit un jeune garçon qui tient une fillette par la main. Elle est sur le point de les rejoindre quand ils s'éloignent si vite qu'elle ne peut les rattraper. Elle s'élance à nouveau, les rejoint presque. Ils marchent d'un pas régulier, la main dans la main. Elle les appelle, leur crie de l'attendre, mais ils continuent à marcher *comme s'ils ne l'entendaient pas. Le ciel change peu à peu, prend une étrange coloration verdâtre. Un vent violent se lève, la bouscule, la gifle. Alors, elle voit le petit garçon s'envoler, comme aspiré par une bourrasque, et disparaître dans le ciel.*

La petite fille est maintenant seule. Elle se retourne et court à sa rencontre. Meredith presse son allure, se hâte vers cette pitoyable fillette au visage pâle et émacié, aux grands yeux tristes. Elle porte des bas et des chaussures noires, un épais manteau d'hiver, un béret sur la tête, une longue écharpe rayée autour du cou. Elle montre une grosse étiquette épinglée au revers de son manteau. Meredith essaie de lire le nom de la fillette mais n'y parvient pas.

Tout à coup, la fillette lui tourne le dos et s'enfuit en courant. Meredith veut la suivre, mais elle a les pieds enfoncés dans de la boue durcie. Elle crie à la petite fille de revenir, mais celle-ci continue de courir à toutes jambes. Bientôt, elle redevient un point à l'horizon et s'évanouit.

Un craquement violent retentit soudain, suivi d'un bruit plus terrifiant qu'une salve de coups de canon. Autour d'elle, tout explose.

Meredith se redressa, bouleversée, les joues en feu, désorientée au point qu'il lui fallut un long moment pour se rappeler qu'elle se trouvait chez Luc de Montboucher, dans le boudoir de sa grand-mère.

Dehors retentissait le fracas d'un violent orage, inhabituel en cette saison. Meredith frissonna sous la couverture de mohair. Tandis que le feu finissait de se consumer dans la cheminée, une terreur plus inexplicable que la fureur des éléments faisait rage en elle. Les yeux clos, elle s'efforça de la combattre, de comprendre ce qui lui inspirait une peur aussi vive et aussi soudaine. Ici, elle était parfaitement en sécurité, rien ni personne ne la menaçait.

Au bout d'un instant, elle comprit que son rêve était seul responsable de son désarroi. Ce rêve qui l'épargnait depuis des années après l'avoir si souvent hantée par le passé. Et elle eut beau se demander ce qui, dans ce lieu paisible, avait pu ranimer un cauchemar qu'elle croyait oublié à jamais, elle n'en découvrit pas la raison.

14

De retour à Paris, Meredith repensa souvent au week-end à Talcy et, plus encore, à Luc de Montboucher. Il lui était très sympathique – non, il lui inspirait davantage que de la sympathie. Sa gentillesse, sa droiture lui avaient fait une forte et durable impression.

Meredith attachait depuis toujours un grand prix à la bonté et aux égards. Elle en avait été si totalement privée dans son enfance qu'elle s'était constitué une carapace d'acier. Mme Paulson avait été la première à la fissurer, jusqu'à ce que les Silver achèvent de l'en libérer. Si un enfant a besoin de bonté et de tendresse, ces qualités sont tout aussi importantes pour une femme, surtout après quarante ans, et Meredith les avait reconnues en Luc.

Elle devait aussi s'avouer qu'il était très séduisant. Physiquement, certes, mais depuis longtemps Meredith ne se contentait pas des seules apparences. Elle admirait surtout chez lui son intelligence, son talent, l'honnêteté foncière qu'elle avait devinée sur-le-champ. Elle appréciait son sens de l'humour, dont trop d'hommes sont dépourvus, et ils avaient en outre nombre de goûts en commun – la lecture, la musique, une flûte de champagne devant un feu de cheminée par une soirée d'hiver, sans parler des maisons bâties au bord de l'eau et des tableaux de Marie Laurencin. Tout compte fait, Luc lui avait paru si pétri de qualités qu'elle ne regrettait pas de l'avoir rencontré, encore moins d'avoir accepté son invitation.

Il avait raccompagné Meredith à Paris le lundi matin. Le lendemain, elle avait passé l'après-midi avec Agnès et lui à Montfort-l'Amaury. Ce soir-là, Luc l'avait invitée à dîner au Relais Plaza, le lendemain au Grand Véfour. Leurs soirées s'étaient déroulées dans une atmosphère de gaieté insouciante. Plus Meredith découvrait Luc, plus elle prenait conscience de tenir à lui. En moins d'une semaine, sa compagnie lui était devenue indispensable au point qu'elle lui manquerait lorsqu'elle devrait repartir pour New

York. Plus ou moins consciemment, elle préparait déjà son prochain voyage à Paris.

Elle devait pourtant rentrer à Manhattan s'occuper de ses affaires, signer la promesse de vente de Hilltops et, surtout, revoir sa fille Catherine et fêter ses fiançailles avec elle. Mais tout cela ne lui prendrait qu'une dizaine de jours. On avait autant besoin d'elle à Paris. Les travaux du manoir exigeraient sa présence pour de longs mois encore.

Et après ? se demanda-t-elle ce soir-là dans le silence de sa chambre du Plaza. Bah ! se rassura-t-elle, les choses s'arrangeront d'elles-mêmes. Il faut avancer pas à pas, affronter les problèmes à mesure qu'ils se présentent. Je ne puis rien faire de plus, les événements suivront leur cours.

Meredith savait trop bien que des rapports s'annonçant sous les meilleurs auspices pouvaient se détériorer du jour au lendemain – ne venait-elle pas d'en subir la pénible expérience avec Reed Jamison ? Cette seule évocation lui fit faire la grimace. Mais Reed et Luc n'avaient rien de commun, elle n'avait pas même le droit de les comparer. Avec Luc, elle saurait toujours précisément à quoi s'en tenir. Il ne jouait pas à des jeux plus ou moins pervers, lui. C'était un homme sûr de lui, responsable, qui méritait le respect parce qu'il respectait les autres.

Meredith avait passé la journée de mardi avec Agnès et s'était étonnée de son absence de curiosité sur la manière dont s'était déroulé le week-end. Elles étaient toutes deux fort absorbées par leurs projets, il est vrai. Ce ne fut que le mercredi après-midi, pendant qu'elles sélectionnaient des échantillons de tissus et de papiers peints, que Meredith reparla de Luc la première.

– Il m'a encore invitée pour le prochain week-end.

– Cela ne m'étonne pas, tu lui plais beaucoup.

– Il me plaît, lui aussi.

– Comme à presque toutes les femmes! répondit Agnès en riant. Il est irrésistible. Je me suis souvent demandé pourquoi il ne s'était jamais remarié.

– Peut-être parce qu'il lui a fallu longtemps pour dominer son chagrin.

– Ah bon? Il t'a parlé de sa femme?

– Bien sûr. Tu aurais au moins pu me mettre au courant! Je lui ai fait de la peine en abordant le sujet sans réfléchir.

– Excuse-moi. Je t'avais promis de te téléphoner ce soir-là, c'est vrai, mais j'étais débordée. De toute façon, je n'ai pu en discuter avec Alain que le dimanche après-midi et je ne pouvais quand même pas t'appeler là-bas pour te parler de ton hôte.

– Encore heureux! C'eût été pour le moins gênant.

– Alain et Luc se connaissent depuis des années sans être vraiment amis intimes. Il n'y a que depuis un an que nous le fréquentons davantage, parce qu'il a fait les plans d'une maison pour la sœur d'Alain, mais Luc n'a quand même jamais beaucoup parlé d'Annick. Pour nous, son

144

passé reste plutôt vague et nous ne sommes pas du genre à fouiner.

– Il y a tant de choses qui me plaisent en lui, Agnès. Sa personnalité, l'attention avec laquelle il écoute les autres – c'est si rare, de nos jours.

– Tu as raison. En tout cas, je sais avec certitude que ce n'est pas un play-boy ni un coureur de jupons. Tu pourrais t'intéresser sérieusement à lui ?

Meredith hésita un court instant.

– Oui, je crois. Luc est le genre d'homme que je n'espérais plus rencontrer. Il faut dire que les hommes comme lui ne sont pour ainsi dire jamais libres.

– Ce n'est que trop vrai, ma chérie ! Mais dans le cas de Luc, je pense qu'il est libre parce qu'il a choisi de le rester – jusqu'à présent, du moins. Il m'a dit très clairement que tu lui plaisais et qu'il voulait mieux te connaître.

– Ah bon ? Quand était-ce ?

– La semaine dernière.

– Et tu ne m'en as rien dit ? Merci ! Tu es une vraie amie, toi ! On peut te faire confiance.

Agnès éclata de rire.

– Il ne m'avait pas demandé de le garder pour moi, mais j'ai pensé qu'une certaine discrétion s'imposait. Et puis, je ne voulais pas te faire peur, tu aurais cru que je voulais te jeter dans ses bras. Avoue, Meredith ! De tous les hommes plus séduisants les uns que les autres que je te présente depuis huit ans, aucun ne trouve grâce à tes yeux.

– J'avoue.

– Mais Luc t'intéresse, n'est-ce pas ?

Meredith acquiesça d'un signe de tête.

– Remarque, dit Agnès en pouffant de rire à nouveau, je ne te le reproche pas. Il est sexy en diable !

15

Dès leur arrivée au Clos le samedi matin, ils allèrent travailler ensemble dans le bureau de Luc et y restèrent jusqu'à sept heures du soir. Ils recommencèrent le dimanche matin dès neuf heures et, de même que la veille, ne s'interrompirent que le temps d'avaler un frugal déjeuner.

Finalement, tard dans la soirée, Luc reposa son crayon, s'étira. À l'autre bout de la pièce, assise à un bureau, Meredith finissait de mettre au point les premiers éléments de décoration intérieure de la future hostellerie.

– J'ai honte de vous traiter de cette manière, dit Luc. Je ne suis qu'un affreux égoïste.

– Que voulez-vous dire ? s'étonna-t-elle en levant les yeux.

– Vous garder enfermée dans ce bureau depuis hier matin, uniquement parce que je voulais travailler sur les plans de la pièce d'eau et vous avoir près de moi. J'aurais dû vous forcer à sortir prendre l'air, à vous reposer.

– Voyons, Luc, l'interrompit-elle, cela me faisait plaisir à moi aussi! Si j'étais restée à Paris, j'aurais travaillé seule. Je préférais de beaucoup me sentir proche de vous.

– C'est vrai?

– Tout à fait vrai.

– Meredith...

– Oui, Luc?

Il allait poursuivre quand il changea d'avis, se leva et alla poser devant elle une feuille de papier.

– Voilà un dessin de l'étang quand il sera terminé.

– Oh, Luc! C'est superbe! Il ressemble au petit étang où nous nous promenions la semaine dernière, quand j'ai eu ce curieux malaise.

– Je m'en suis inspiré, en effet, en l'implantant près du petit bois derrière le manoir de Montfort-l'Amaury, comme ici. Le résultat est assez pittoresque, n'est-ce pas? Qu'en pensez-vous?

Tout en parlant, il se penchait derrière elle pour lui montrer du doigt les divers éléments du décor paysager. Elle sentait son haleine tiède sur son cou et n'osait plus bouger, en proie à un émoi soudain qui lui mettait le feu aux joues et éveillait en elle une vague de désir dont l'intensité la stupéfia.

– J'espère qu'il vous plaît, reprit-il, étonné de son silence.

– Oui, Luc. C'est parfait, je n'aurais pu rêver mieux.

Et elle se tourna vers lui en souriant.

Ébloui, hors d'état de proférer un mot, il aurait voulu lui crier *je te désire*, mais les mots restèrent au fond de sa gorge. Cette seule pensée lui emplissait l'esprit, comme elle l'obsédait depuis des jours et des jours.

Sur le point de la laisser enfin échapper, il voulut se retenir, mais son instinct l'emporta. Il se pencha un peu plus vers elle, lui effleura la bouche de ses lèvres. Alors, la sentant réagir, son baiser se fit plus pressant. Une seconde plus tard, ils étaient debout dans les bras l'un de l'autre, étroitement enlacés, leurs corps, leurs lèvres soudés l'un à l'autre par le même élan de passion.

Luc, mon amour, j'ai si longtemps attendu cet instant ! pensait-elle lorsqu'il s'écarta tout à coup.

– Je te désire, Meredith, dit-il d'une voix étranglée par l'émotion. Je ne cesse de te désirer depuis le jour où nous nous sommes rencontrés.

Sans lui laisser le temps de répondre, il l'attira de nouveau dans ses bras et la couvrit de baisers fiévreux qu'elle lui rendit avec la même fougue, la même certitude que les choses devaient se passer ainsi entre un homme et une femme qui s'aiment.

– J'ai tant pensé à toi que j'ai l'impression que nous avons déjà fait l'amour, lui murmurat-il à l'oreille. Comprends-tu ce que j'éprouve ?

– Oui, Luc.

– Ce n'est pas un simple caprice, Meredith. Si tu ne partages pas mes sentiments, dis-le tout de suite. Parce qu'il ne sera plus possible de revenir en arrière. Moi, du moins, j'en serais incapable.

– J'éprouve les mêmes sentiments que toi, Luc. Et je te désire autant que tu me désires.

Il s'écarta à nouveau, la tint à bout de bras par les épaules et plongea son regard dans ses yeux. Ses merveilleux yeux vert sombre, miroirs de son âme, de ses pensées, de ses émotions, où il avait vu l'éclat de son intelligence et de sa gaieté trop souvent assombri par une tristesse enracinée au plus profond d'elle-même. Ses yeux dans lesquels il ne voyait briller, en cet instant, que la flamme du désir, un désir égal au sien et dont il se savait l'objet.

Il lui prit la main, l'entraîna hors de la pièce. Du même pas, poussés par la même hâte, ils montèrent l'escalier jusqu'à sa chambre, se dévêtirent sans même avoir conscience de leurs gestes et se laissèrent tomber sur le lit, enlacés, victimes d'une fièvre à laquelle ils aspiraient l'un et l'autre à succomber.

Meredith savait que le destin l'exauçait enfin. Cet homme qu'elle ne connaissait que depuis quelques jours était celui qu'elle n'espérait plus rencontrer, auquel elle se donnait sans l'ombre d'une réticence. La passion qui vibrait dans la voix de Luc et allumait son regard lui avait déjà appris tout ce qu'elle voulait savoir.

Luc savait aussi avoir enfin trouvé la femme qu'il attendait depuis des années, celle qui devait venir un jour illuminer la nuit qui avait si longtemps été la sienne et combler le vide de son existence. Avec elle, libéré comme par miracle de tout chagrin, il prenait son envol. C'est elle que je veux pour toujours, se répétait-il. Avec elle, je reprends goût à la vie, sans elle je dépérirais encore.

Et il cessa bientôt de penser pour s'abandonner à l'extase, dont ils atteignirent le sommet dans une union si parfaite qu'ils s'en émerveillèrent ensemble.

Lorsque, longtemps plus tard, ils redescendirent sur terre, épuisés d'une bienheureuse fatigue, ils restèrent tendrement enlacés. Blottie dans les bras de Luc, la tête sur sa poitrine, Meredith souriait.

– Pourquoi souris-tu, mon amour?

– Parce que je suis heureuse, Luc.

– Ce n'est que le début de notre bonheur, dit-il en posant tendrement ses lèvres sur les siennes. Je commençais à désespérer de te découvrir.

– Me cherchais-tu, au moins?

– Oh oui, mon amour! Depuis très, très longtemps.

– Moi aussi, je te cherchais – peut-être sans m'en rendre compte. J'avais presque abandonné l'espoir de trouver l'homme de ma vie.

– Et alors?

– Alors, quoi? dit-elle avec un sourire malicieux.

– L'as-tu trouvé? Serait-ce moi?

– Oui, mon amour.

150

– Nous sommes faits l'un pour l'autre, Meredith. Je suis encore ébloui de plaisir. Et toi?

– Bien sûr! Tu devrais le savoir.

– C'est vrai, mais c'est tellement mieux de l'entendre de ta bouche, Meri chérie.

Il la sentit soudain frémir.

– Qu'y a-t-il, mon amour? Ce diminutif te déplaît? Tu ne veux pas que je t'appelle ainsi?

– Non, il ne me déplaît pas, mais très peu de gens me l'ont donné jusqu'à présent.

Il la serra plus fort sur sa poitrine, lui caressa la joue, la regarda dans les yeux.

– Je ne veux plus jamais voir la tristesse assombrir ces beaux yeux. Tu as eu trop de peines, trop d'épreuves dans ta vie, mon amour.

Meredith ne répondit pas.

– Parle-moi si tu veux, Meri. Cela te ferait du bien de te soulager de ce fardeau.

– Un jour, peut-être.

Luc se pencha à nouveau vers son visage et posa un baiser au coin de ses lèvres.

– Je tiens à toi, tu sais. Je t'aime, Meri.

Elle sentit soudain ses yeux s'emplir de larmes qu'elle tenta en vain de ravaler.

– Ne pleure pas, mon amour, ne pleure pas, je t'en prie, dit-il en essuyant d'un geste plein de tendresse ses joues ruisselantes de larmes. Tu n'as pas de raison de pleurer, voyons! Crois-tu que tu m'aimeras, toi aussi?

– Je t'aime déjà, dit-elle en souriant.

Et ses larmes coulèrent de plus belle.

– Oh! Meri, tout ira bien si tu m'aimes! s'écria-t-il gaiement en léchant ses larmes salées. Plus de chagrin, plus de pleurs, je t'en fais le serment. À partir de maintenant, ta vie ne connaîtra plus que le bonheur.

Comment se serait-il douté que l'avenir lui donnerait tort?

Deuxième Partie

HIER ET AUJOURD'HUI

16

Meredith dut s'appuyer à la vitrine au fond du salon. Elle avait traversé la pièce quelques instants plus tôt afin d'admirer la collection de figurines de Meissen exposée dans le meuble quand un accès de faiblesse l'avait soudain saisie. Hors d'état de se frayer un chemin dans la foule à la recherche d'un siège, elle avait jugé plus sage de rester sur place en feignant de tremper ses lèvres dans sa coupe de champagne.

Elle respira profondément dans l'espoir de dissiper son malaise. Il s'agissait encore une fois d'une de ses « attaques », comme elle les qualifiait désormais. Elle en avait subi deux en janvier, deux en février, trois en mars. Combien y en aurait-il en avril ? Certes, elles passaient aussi vite qu'elles survenaient et ne lui laissaient pas de séquelles ; il y avait quand même de quoi s'inquiéter. Elle ne savait jamais d'avance ni où ni quand elle en serait victime.

L'autre jour, au bureau, elle en avait parlé à Amy en lui expliquant qu'elles étaient apparues pour la première fois à Paris et s'étaient ensuite reproduites avec une fréquence imprévisible.

– Vous devriez consulter un médecin, il ne faut pas plaisanter avec ces choses-là. Je vais vous prendre un rendez-vous avec Jennifer Pollard, avait décrété Amy.

Meredith avait énergiquement refusé. Elle commençait maintenant à se dire qu'elle avait peut-être eu tort de ne pas écouter son assistante. Ses jambes flageolaient et elle était accablée de fatigue, au point de se demander si elle serait en état de rester jusqu'à la fin de la soirée.

Son devoir lui interdisait pourtant de s'esquiver quoi qu'il arrive : cette réception célébrait les fiançailles officielles de Catherine, événement d'importance pour sa fille comme pour elle-même. Meredith estimait qu'il lui aurait plutôt incombé à elle de l'organiser, mais la sœur et le beau-frère de Keith avaient tellement insisté pour recevoir dans leur penthouse de Park Avenue que Meredith avait été forcée de s'incliner.

Elle avait toutefois la ferme intention de donner, en l'honneur de Catherine et de Keith, un grand dîner qu'elle ferait coïncider avec le prochain séjour de Luc à New York. Il avait passé avec elle la semaine précédente en prévoyant de rester pour la soirée des fiançailles. À la dernière minute, il avait été rappelé d'urgence en France : sa présence était impérative sur le chantier d'un grand centre commercial près de Lyon, dont il était responsable.

Ce départ précipité les avait tous deux désolés, mais Luc devait revenir à New York dans une dizaine de jours et conclure son séjour par un week-end prolongé à Silver Lake. Meredith attendait son retour avec impatience. Tous deux aussi épris l'un de l'autre, ils étaient devenus inséparables au point de ne pas se quitter plus d'une heure quand ils étaient dans la même ville et de se téléphoner tous les jours, parfois plusieurs fois par jour, lorsque l'Atlantique les séparait. Luc est tout ce que j'avais toujours rêvé de trouver dans un homme, se répétait Meredith en bénissant sa chance de l'avoir rencontré. Ses enfants l'avaient apprécié dès le premier instant. Jon et lui étaient devenus une paire d'amis et Luc avait été vivement impressionné par le talent artistique de Cat Meredith déplorait son absence. Il lui manquait plus cruellement que jamais ce soir-là.

Elle scruta le salon bondé dans l'espoir de voir Cat ou Jon émerger de la foule. En dehors de la proche famille de Keith, elle ne connaissait aucun des quelque soixante invités. Le clan Pearson, aussi nombreux et soudé que la tribu Kennedy, était présent en force, car les parents de Keith avaient battu le rappel des oncles, tantes, cousins, cousines, neveux et nièces jusqu'à la troisième génération. Penser que nous ne sommes que trois! se dit Meredith. Contre une pareille armée, la partie est inégale.

Se sentant soudain désemparée, noyée dans cette masse, elle ferma les yeux pour tenter de chasser le sentiment de panique qui la gagnait.

Je dois avoir l'air idiote seule dans mon coin, appuyée contre ce meuble. Je ne peux pas rester ainsi, décida-t-elle. Il faut réagir, prendre sur moi pour faire bonne figure et aller m'asseoir plutôt que de rester debout ici.

Elle rassemblait ses forces quand elle vit sa fille qui la cherchait manifestement des yeux. Elle lui fit signe de la main et Cat s'approcha à la hâte.

– Ah! te voilà, maman, je te cherchais partout! Quelle soirée! As-tu bien regardé ma bague, au moins? dit-elle en faisant scintiller le saphir sous les yeux de Meredith. N'est-ce pas qu'elle est superbe?

– Oui, ma chérie.

Voulant s'écarter de la vitrine, Meredith chancela et dut se rattraper au bras de Cat.

– Maman! Qu'est-ce qui ne va pas?

– Rien, je vais très bien.

– Tu vacilles, tu es toute pâle. Es-tu malade?

– Mais non, je t'assure, protesta faiblement Meredith. Je me sens un peu lasse, voilà tout. J'ai dû trop me surmener au bureau ces derniers temps.

– Allons nous asseoir sur le canapé là-bas. J'en ai grand besoin moi aussi, j'ai un mal aux pieds à hurler. Ces chaussures sont peut-être à la mode, mais elles me tuent!

Meredith se laissa soutenir par Cat jusqu'à l'autre bout du salon et s'assit avec soulagement. Quelques secondes plus tôt, elle s'était crue sur le point de s'évanouir.

– Un verre d'eau fraîche me ferait peut-être

158

du bien. Peux-tu aller m'en chercher un, ma chérie ?

– Tout de suite, maman.

Catherine lui fit un sourire rassurant et s'éloigna d'une démarche aérienne vers le bar installé dans le hall d'entrée. Elle était aussi grande et svelte que sa mère. Quand on a des jambes pareilles, pensa Meredith, amusée, quel besoin a-t-on de porter des talons de dix centimètres ? Personne ne se douterait qu'elle a mal aux pieds. Avec ses cheveux courts, son sourire radieux et ses yeux bleus, elle trouvait sa fille particulièrement en beauté ce soir-là, dans une robe de cocktail en taffetas bleu nuit qui mettait en valeur les perles d'Amelia.

Meredith allait fermer les yeux pour essayer de se détendre quand elle vit son fils qui se dirigeait vers elle en se frayant un passage dans la foule. Cat ressemblait à son père mais Jon, grand et mince lui aussi, avait les cheveux blonds et les yeux verts de Meredith.

– Qu'est-ce qui ne va pas, m'man ? demanda-t-il avec inquiétude en se penchant vers elle, accoudé au dossier. Je viens de voir Cat qui m'a dit que tu te sentais mal.

– Mais non, mon chéri, rien de grave, rassure-toi. Un coup de fatigue, voilà tout.

– Tu travailles beaucoup trop. Si tu voulais filer à l'anglaise, ajouta-t-il à mi-voix, je ne demanderais pas mieux que de t'accompagner. J'en ai par-dessus la tête de ces mondanités.

– Je vais bien, je t'assure, et ce serait incorrect de partir maintenant. De toute façon, nous ne pouvons pas abandonner Cat toute seule avec l'armée Pearson.

– Elle a Keith pour la protéger. Et puis, elle en fera bientôt elle-même partie.

– Dois-je comprendre que tu t'ennuies, Jon ?

– Non, mais… en réalité, je ne suis venu que pour Cat et pour toi. Je n'ai pas grand-chose en commun avec tous ces gens-là. Ne me fais pas dire ce que je n'ai pas dit ! se hâta-t-il d'ajouter. Keith est un type très bien et, de toute façon, ce n'est pas avec moi qu'il se marie. C'est juste que nous ne fréquentons pas les mêmes amis et que je trouve les Pearson un peu trop mondains pour mon goût.

– Je sais, mon chéri. En tout cas, je suis contente que tu sois venu nous tenir compagnie, à Cat et moi.

– Tu peux toujours compter sur moi, m'man, j'ai le sens du devoir, dit Jon avec un sourire ironique. Dommage que Luc ne soit pas là ce soir, il aurait mis un peu d'animation.

Meredith ne put s'empêcher de rire.

– Ah ! Voilà Cat avec Keith sur ses talons, dit Jon en se redressant.

Cat tendit son verre d'eau à Meredith et s'assit à côté d'elle. Meredith en but la moitié d'une traite.

– Merci, ma chérie. Je vais déjà mieux.

– Je suis désolé d'apprendre que vous ne vous sentez pas bien, Meredith, dit Keith en se penchant vers elle comme Jon l'avait fait quelques instants plus tôt. Puis-je vous chercher autre chose ? Vous devez mourir de faim et de soif, je

160

ne vous ai pas encore vue vous approcher du buffet.

Meredith leva les yeux vers lui en pensant une fois de plus, devant son visage ouvert parsemé de taches de son et ses yeux gris exprimant une sincère inquiétude, qu'il aurait pu incarner l'archétype du jeune Irlando-Américain pétri d'énergie, d'honnêteté et de bons sentiments. Il sera un mari modèle, un père de famille exemplaire, pensa-t-elle. Avec lui, Cat sera en bonnes mains.

— Merci, mon cher Keith, lui dit-elle avec un large sourire, mais je me sens déjà beaucoup mieux comme je viens de le dire à Cat. Et arrêtez tous les trois de me regarder comme si j'étais une invalide ! ajouta-t-elle en riant.

— Nous nous inquiétons à votre sujet, protesta Keith.

— Vous êtes gentil comme tout, mais c'est bien inutile.

— Vous resterez quand même au dîner, n'est-ce pas ? demanda Keith d'un air soucieux. Je ne veux pas avoir l'air de vous forcer la main, mais nous serions très déçus si vous deviez partir. La fête ne serait pas complète.

— Je ne la manquerais pour rien au monde, répondit Meredith en lui tapotant affectueusement la main. Jon est mon cavalier pour toute la soirée, il veillera sur moi.

— Keith a raison, maman, renchérit Cat. La fête n'en serait pas une sans toi.

— Sois tranquille, ma chérie, je reste.

Catherine sourit. Le saphir de sa bague de

fiançailles étincelait sous la lumière des lustres. Il est de la couleur de ses yeux, pensa Meredith. Les yeux de Jack.

— Tu as vraiment un caractère en or, m'man, déclara Jon quelques heures plus tard.

Il était près de minuit. Jon aidait Meredith à enlever son manteau dans le vestibule.

— Allons, ne fais pas de mauvais esprit ! Le dîner était délicieux et les Pearson sont très hospitaliers...

— Mais plutôt envahissants, l'interrompit Jon. Quelle famille ! Ma sœur a du courage d'affronter un clan pareil. Je ne voudrais pas être à sa place, crois-moi.

— En groupe, peut-être. Pris individuellement, ce sont des gens charmants. Les parents de Keith, surtout.

— D'accord, mais ses sœurs sont franchement pénibles.

— Le vrai problème, mon chéri, c'est que nous ne sommes pas habitués à de grandes réunions de famille. Nous avons toujours vécu en circuit fermé, tous les trois.

— Dieu merci ! s'exclama Jon. Tu mérites une médaille pour avoir subi cette série de toasts avec le sourire.

— C'était un peu beaucoup, je l'avoue, dit Meredith en riant. Mais je me sentais mieux et la cuisine était délicieuse.

— Tu n'as presque rien mangé !

— Ne t'inquiète pas de mon régime. J'aurais

grande envie d'une tasse de thé, ajouta-t-elle. Pas toi ?

– Bonne idée.

Ils allèrent ensemble à la cuisine. Pendant qu'il mettait la bouilloire sur le gaz, Jonathan jeta un coup d'œil par la fenêtre. Les lampadaires du pont de la 59e Rue scintillaient gaiement dans la nuit. C'est bizarre que ma mère ait toujours voulu vivre près de l'eau, pensa-t-il en regardant vers l'East River. Cet appartement, le deuxième qu'elle possédait à Sutton Place, était aussi son préféré. Situé au dernier étage, il jouissait d'un panorama spectaculaire sur Manhattan.

– Quand rentres-tu à New Haven ? demanda-t-elle en disposant les tasses sur un plateau.

– Je partirai demain matin, il y a à peine deux heures de route. Cat a-t-elle dit quand elle voulait se marier ?

– Sûrement avant la fin de l'année. Je lui ai suggéré septembre, il fait très beau à Silver Lake.

– Le début d'octobre serait mieux. L'été indien change la couleur des feuilles, c'est pittoresque comme tout.

– Tu as raison. En tout cas, Cat m'informera de leur décision la semaine prochaine. Qu'attends-tu pour arrêter la bouilloire, Jon ? Elle siffle comme une locomotive.

– Je m'en occupe. Va donc au petit salon, j'apporterai le plateau dans une minute.

Debout devant la fenêtre, Meredith contemplait l'East River en pensant au mariage de

Catherine quand Jonathan la rejoignit. Assis face à face près de la cheminée, ils burent quelques gorgées de thé en silence.

– Quand vas-tu épouser Luc, m'man? demanda soudain Jon.

Prise au dépourvu, Meredith sursauta.

– Mais… il ne me l'a pas demandé!

– Et s'il te le demandait, tu accepterais?

– Sincèrement, je n'en sais rien.

– Pourquoi?

– Je ne sais pas, voilà tout. Je n'y ai pas réfléchi. Cela entraînerait un bouleversement complet dans ma vie.

– La belle affaire! À mon avis, tu devrais l'épouser.

– À *ton* avis? s'étonna Meredith.

– Oui. Tu es amoureuse de lui, il est amoureux de toi. Si tu levais le petit doigt, il s'empresserait de te demander en mariage, j'en suis convaincu.

Meredith ne répondit pas.

– Écoute, m'man, tu as toujours vécu avec nous. Tu nous appelais les Trois Mousquetaires, souviens-toi. Maintenant, Cat va se marier, mener une nouvelle vie, fonder sa propre famille. Je me marierai sans doute moi aussi, quand j'aurai rencontré la fille qui me convient. Je ne voudrais pas que tu te retrouves un jour seule au monde, voilà tout.

Déconcertée, Meredith dévisagea son fils.

– Autrement dit, Jon, tu te fais du souci pour ta vieille mère?

– Toi vieille, m'man? répondit-il en riant.

164

Allons donc! Tu seras toujours la plus belle. Je n'ai jamais vu de femme de ton âge qui t'arrive à la cheville!

– Et au tien, rétorqua Meredith en riant à son tour, tu en as déjà connu des centaines, n'est-ce pas?

– Écoute, dit Jon en reprenant son sérieux, je dis simplement que je ne voudrais pas te voir finir toute seule dans ton coin. Quand j'étais petit, poursuivit-il en la regardant dans les yeux, je t'entendais sangloter la nuit dans ta chambre. Pleurer toutes les larmes de ton corps. Je restais à t'écouter derrière la porte. Ça me faisait mal, je voulais te consoler, mais je n'osais pas entrer.

– Tu aurais pu, dit-elle, touchée par cet aveu.

– Non, j'avais peur. Tu étais souvent intimidante, à cette époque-là. Mais souviens-toi: un peu plus tard, je t'ai demandé pourquoi tu pleurais la nuit.

– Oui… je m'en souviens vaguement.

– Et te rappelles-tu ce que tu m'as répondu?

– Non.

– Tu m'as dit que tu pleurais parce que tu avais perdu quelqu'un dans ton enfance. Et quand je t'ai demandé qui, tu as refusé de répondre et tu m'as tourné le dos.

Effarée, Meredith le dévisagea sans mot dire.

– Qui avais-tu perdu, m'man? Cela m'a toujours intrigué.

Meredith réfléchit longuement avant de répondre:

– Je ne sais pas, Jon. Si je le savais, je te le

dirais, crois-moi. Je n'ai pas de raison de te le cacher.

Jonathan vint s'asseoir près d'elle, lui prit la main et la regarda dans les yeux avec une profonde affection.

– Je souffrais de t'entendre pleurer la nuit, m'man. Je voulais t'aider et je ne savais pas comment. Je me suis toujours inquiété de ces crises de larmes.

– Oh, Jon !

– C'est pourquoi je tiens à Luc, poursuivit-il. Pour toi, bien sûr. C'est un type remarquable, il t'aime. Et je le crois capable de te faire oublier tout ce qui t'a fait du mal.

Réveillée deux heures plus tard, Meredith se leva, passa une robe de chambre et alla au petit salon, où elle se versa du cognac et s'assit dans un fauteuil. Elle s'était rendu compte depuis quelque temps que, lorsqu'elle se réveillait ainsi au milieu de la nuit, mieux valait réfléchir à ce qui la troublait assise et détendue en pleine lumière que de rester à ruminer ses pensées, couchée dans l'obscurité.

Cette nuit-là, les paroles de Jonathan tournaient et retournaient dans sa tête.

À la fois déconcertée et touchée par les propos de son fils, elle ne voulait pas qu'il s'inquiète à son sujet, mais ne pouvait s'empêcher de trouver réconfortant que Jon se soucie de son sort. Elle avait élevé ses enfants de son mieux et elle pouvait être fière du résultat de son éducation. L'un comme l'autre, Catherine et Jonathan étaient des personnes accomplies, pourvues de valeurs solides, bien adaptés au monde où ils évoluaient sans avoir, Dieu merci, succombé aux tentations trop nombreuses de leur génération, telles que la drogue ou la révolte gratuite.

Elle s'expliquait mal que Jon se souvienne encore de l'avoir entendue pleurer la nuit, quand elle croyait ses enfants profondément endormis. Elle n'avait aucun souvenir non plus de lui avoir dit qu'elle avait perdu quelqu'un dans son enfance. À l'évidence, il ne mentait pas. Aurait-elle oublié ses propres paroles ? Et de qui parlait-elle ? Elle avait beau chercher, elle n'en avait aucune idée.

Avec un soupir, Meredith finit son verre et retourna dans sa chambre. Il fallait qu'elle se rendorme au plus vite, elle avait le lendemain un emploi du temps chargé. Son vœu fut exaucé : à peine glissée entre les draps, elle sombra dans un profond sommeil.

Les enfants sont très nombreux, garçons et filles mêlés. Certains très jeunes, trois ou quatre ans. Les autres un peu plus âgés, sept ou huit ans. Ils marchent dans l'immense désert, les uns se tenant par la main, les autres seuls. Il y a trop d'enfants, pense-t-elle avec crainte. Je ne retrouverai jamais la petite fille et le petit garçon. Ils doivent pourtant être avec les autres. Je dois les chercher.

Affolée, elle court entre les rangs des enfants

qui avancent en bon ordre. Elle les regarde les uns après les autres, mais n'en connaît aucun. Ils marchent comme des automates, regardent droit devant eux sans lui prêter attention. Ils ont des visages inexpressifs comme des masques, des yeux vitreux, éteints.

Où allez-vous? leur crie-t-elle. Aucun ne lui répond. Les avez-vous vus, la petite fille avec la longue écharpe rayée, le petit garçon avec la casquette? Si vous les avez vus, dites-le-moi, je vous en prie!

Tout à coup, la troupe des enfants oblique vers la droite et se dirige vers la mer. Elle n'a jamais vu la mer auparavant. L'eau est noire, huileuse. Elle tremble de peur et crie aux enfants de revenir. Ils ne l'écoutent pas. Sa terreur grandit. Les enfants marchent toujours. Non! crie-t-elle. Arrêtez! Peine perdue. Les enfants s'enfoncent dans la mer et disparaissent les uns après les autres. Personne ne l'a écoutée.

La plaine est vide, déserte. Elle est seule en vie. C'est alors qu'elle les voit, le petit garçon à la casquette et la petite fille à l'écharpe rayée, qui s'approchent d'elle en sautillant, la main dans la main. Elle leur fait de grands signes du bras. Ils lui répondent. Elle court à leur rencontre, s'en rapproche. Les étiquettes au revers de leurs vêtements sont plus grandes qu'avant, démesurées. Le vent les soulève, les plaque sur leurs visages. Elle allait les rattraper quand ils tournent, eux aussi, et marchent vers la mer. Non! hurle-t-elle. Non arrêtez! N'allez pas par là! Mais ils ne l'écoutent pas. Elle court et court *encore, son cœur bat fort, trop fort. Devant elle, des crevasses s'ouvrent dans la terre desséchée. Elle les franchit d'un bond, continue à courir. Hors d'haleine, elle rattrape enfin les enfants, empoigne le petit garçon par l'épaule. Il résiste, puis se tourne lentement vers elle. Et elle hurle d'horreur : le petit garçon n'a pas de visage. Elle agrippe la petite fille par le bras. La petite fille se retourne elle aussi. Et Meredith hurle encore plus fort...*

— Qu'est-ce qu'il y a, m'man ? s'écria Jon qui entrait en courant dans sa chambre et allumait la lumière.

Meredith était assise dans son lit, les yeux écarquillés par la terreur, le visage couvert de sueur. Assis près d'elle, Jon lui prit la main et tenta de la calmer.

— Qu'as-tu, m'man ? répéta-t-il.

— Je faisais un rêve. Un cauchemar, plutôt.

— Je t'entendais crier, tu devais avoir très peur.

— Oui, sans doute. Désolée de t'avoir réveillé, Jon.

— Ce n'est pas grave. Qu'y avait-il dans ce cauchemar ?

— Il était confus, absurde. Allons, n'y pensons plus, dit-elle en se forçant à sourire. Tout va bien, sincèrement. Retourne vite te coucher, mon chéri.

Jonathan se pencha pour l'embrasser sur la joue.

– Si tu as besoin de moi, n'hésite pas à m'appeler.

– Non, sois tranquille, je vais déjà mieux.

Mais longtemps après que Jonathan eut regagné sa chambre de l'autre côté du couloir, Meredith était encore éveillée. Elle se remémorait chaque détail du cauchemar et réfléchissait.

Elle l'avait fait pour la première fois bien des années auparavant, quand elle vivait encore à Sydney. Le rêve était ensuite revenu la visiter à intervalles irréguliers pour cesser définitivement peu après ses trente ans. Pourquoi se manifestait-il au bout de tout ce temps – deux fois en deux mois à peine ? Les détails en étaient immuables : l'immense plaine désertique et sinistre, les enfants marchant à la mort dans la mer, son désespoir de ne pas retrouver le petit garçon et la petite fille. Comme toujours, elle se réveillait terrifiée et en sueur.

Pourquoi ? Que pouvait bien signifier ce rêve ?

17

– Combien de ce genre d'accès avez-vous déjà subis, Meredith ? demanda le Dr Jennifer Pollard.

– Deux en janvier, deux en février, trois en mars et deux depuis le début de ce mois-ci, l'un aux fiançailles de Catherine jeudi dernier et le deuxième dimanche, pire que les précédents. Il a duré presque toute la journée et m'a laissée plus épuisée que d'habitude, au point que je n'ai même pas pu aller au bureau hier lundi. Quand j'y suis retournée ce matin, je me sentais encore si lasse que j'ai décidé de venir vous voir.

– Et vous avez bien fait. Tout à l'heure, au téléphone, vous me disiez que les symptômes sont toujours les mêmes : nausée, sensation soudaine d'épuisement. Y en a-t-il d'autres ?

– Non, aucun.

– Pas de vomissements, de douleurs d'estomac, de fièvre, de migraine ?

– Non, rien de tout cela. Je me sens simplement mal fichue et molle comme une chiffe. Soyez franche, Jennifer. De quelle maladie s'agit-il, à votre avis ?

– Franchement, je n'en sais encore rien. Avant tout diagnostic, je dois vous faire passer des examens. Voyons, poursuivit le médecin en ouvrant un dossier, vous avez eu un check-up complet il y a trois mois, à la fin décembre, et vous étiez en parfaite santé.

– Je sais, c'est pourquoi je ne m'explique pas ce qui m'arrive.

– Soyez tranquille, nous le découvrirons. Après les examens, nous y verrons plus clair.

Le Dr Pollard se leva. Meredith se leva à son tour avec une appréhension visible. Le médecin la prit aux épaules :

– N'ayez pas peur, voyons ! dit-elle d'un ton rassurant.

– De quoi pourrait-il bien s'agir selon vous, Jennifer ?

Le Dr Pollard hésita.

– J'entrevois plusieurs possibilités, mais il est encore beaucoup trop tôt pour se prononcer. Je ne prétends pas non plus vous faire croire que ce n'est rien, Meredith, j'ai trop de respect pour votre intelligence. De toute façon, nous nous connaissons trop bien. Le genre de soudaine asthénie profonde que vous me décrivez peut être dû à différentes causes : anémie, troubles hormonaux, infection chronique ou même, tout simplement, surmenage aigu.

– Mais pas du tout ! La plupart du temps, je me sens pleine d'énergie et de vitalité !

– Ne jouons pas aux devinettes et allons voir Angela, dit Jennifer en l'entraînant vers la salle d'examen. Elle vous fera une prise de sang, un électrocardiogramme, une radio thoracique. Il nous faudra aussi un échantillon d'urine. Entrez donc ! Ce ne sera pas si terrible, vous devriez le savoir, depuis le temps.

– Je sais, dit Meredith en poussant un soupir résigné.

Une heure plus tard, Meredith revint dans le cabinet du Dr Pollard.

– Qu'avez-vous trouvé, Jennifer ? lui demanda-t-elle avec inquiétude.

– Rien, Meredith, répondit le médecin avec un sourire rassurant. L'examen physique n'a rien révélé d'inquiétant. Aucune grosseur suspecte, les réflexes et la tension artérielle sont satisfaisants. Bien entendu, je n'aurai pas les résultats des analyses de sang et d'urine avant deux jours mais, franchement, je n'attends pas de mauvaises surprises de ce côté-là non plus. Sous cette seule réserve, vous me semblez en aussi bonne forme qu'il y a trois mois.

– Quelle est la cause de ces accès, alors ?

– Je ne sais pas... Les nerfs, le stress ? Vous ne vous ménagez pas assez, Meredith. Depuis bientôt dix ans que je vous connais, vous êtes une intoxiquée du travail, si vous me permettez l'expression. Le stress peut avoir des effets pernicieux sur le système nerveux, vous savez.

– J'en suis tout à fait consciente, mais je ne me sens pas stressée le moins du monde, Jennifer ! Ces derniers temps, je me paie même le luxe de ralentir le rythme, surtout quand je vais en France où mon associée me décharge de la plupart des corvées. Je passe de longs week-ends de détente chez un ami dans le Val de Loire. Je n'ai jamais été plus heureuse sur le plan personnel, mes affaires sont florissantes et mes enfants ne m'apportent que des satisfactions.

– Voilà au moins de bonnes nouvelles. Pourtant...

Le Dr Pollard hésita avant de poursuivre :

– N'avez-vous vraiment aucun sujet d'inquiétude ?

– Aucun ! Comme je viens de vous le dire, ma vie privée et ma vie professionnelle n'ont jamais été meilleures.

– Bien. Nous verrons ce que donnera l'analyse de sang, elle révélera peut-être un simple manque de potassium ou quelque carence mineure. Je vous appellerai dès que j'aurai les résultats, jeudi ou vendredi au plus tard.

Meredith signait son courrier le jeudi soir quand elle entendit la sonnerie de sa ligne privée.

– C'est moi, ma chérie, fit une voix bien connue.

– Luc! s'écria-t-elle joyeusement. Comment vas-tu, mon amour?

– Pas trop bien, hélas! répondit-il en soupirant.

– Qu'y a-t-il? Tu n'es pas malade, au moins?

– Non, mais je suis vraiment navré, Meredith. Je ne pourrai pas venir à New York ce week-end. Je suis bloqué à Lyon, il y a des problèmes imprévus sur le chantier, je ne peux pas m'absenter tant qu'ils ne sont pas résolus.

– Oh, Luc, quel dommage! Je me faisais une telle joie de te revoir. Mais je comprends, mon chéri. Le travail passe avant tout – je serais mal placée pour te dire le contraire.

– Il s'agit d'un problème grave dans les fondations, les calculs et les plans sont à refaire en grande partie. J'y travaillerai tout le samedi et le dimanche avec les ingénieurs de l'entreprise pour éviter les pénalités de retard. Bref, je suis coincé. Tu ne pourrais pas faire un saut jusqu'ici, par hasard? ajouta-t-il en riant.

– Je ne demanderais pas mieux, mon chéri,

mais c'est malheureusement impossible. Je signe demain les actes définitifs pour la vente de Hilltops et j'ai rendez-vous mardi matin avec Henry Raphaelson, mon banquier, qui doit partir le lendemain pour l'Extrême-Orient. Ma semaine s'annonce plutôt chargée. Mais je serai bientôt à Paris, au cas où tu l'aurais oublié.

– Non, mon amour, je n'ai pas oublié. J'espérais seulement que nous pourrions prendre un peu d'avance.

Meredith consulta rapidement son agenda.

– Écoute, j'avais prévu d'arriver à la fin avril et de rester en France tout le mois de mai.

– Rien ne pourra me rendre plus heureux ! Il n'empêche que tu me manqueras beaucoup d'ici là, Meri.

– Tu me manqueras aussi, Luc.

La conversation se poursuivit à bâtons rompus pendant une dizaine de minutes. À un moment, Meredith fut sur le point de faire allusion à sa visite chez le médecin, mais elle préféra s'en abstenir de peur d'inquiéter Luc sans raison. Il avait assez de soucis avec son centre commercial.

– Je vous confirme que vous êtes en excellente santé physique, Meredith, déclara le Dr Pollard avec un large sourire. Les résultats des analyses de sang et d'urine sont tout ce qu'il y a de plus normaux.

– Si c'est le cas, Jennifer, répondit-elle en fronçant les sourcils, pourquoi avez-vous téléphoné ce matin à Amy en insistant pour me parler?

Le médecin hésita, se racla la gorge.

– Eh bien... parce que ces accès ont quand même un caractère anormal. Il m'est arrivé de rencontrer des patients présentant les mêmes symptômes que ceux que vous m'avez décrits au début de la semaine, mais il s'agissait d'un état permanent. Ils n'étaient pas sujets comme vous à des accès aigus et récurrents.

– Ce qui veut dire?

– Que vos accès pourraient devenir de plus en plus fréquents jusqu'à vous affliger d'un épuisement chronique. Laissez-moi vous expliquer quelque chose, Meredith, poursuivit Jennifer en voyant son expression perplexe. Ce type d'extrême fatigue est souvent dû à des causes psychologiques.

– Et vous pensez que ce pourrait être mon cas?

– Il se pourrait, en effet, que vous souffriez d'une forme d'asthénie psychosomatique.

– Qu'est-ce que cela veut dire?

– Qu'un problème émotionnel serait à l'origine de vos accès, ou alors que vous seriez dépressive sans le savoir.

– Moi, dépressive? s'exclama Meredith avec un rire ironique. Pas le moins du monde! Je vous disais mardi dernier que jamais ma vie personnelle et professionnelle n'avait été plus heureuse ni plus équilibrée! J'aime un homme merveilleux qui m'aime aussi.

– Je vous crois et j'en suis heureuse pour

176

vous. Ne nous hâtons cependant pas d'écarter l'hypothèse de l'asthénie provoquée par un trouble mental ou émotionnel. Ce qui vous affecte ne se trouve d'ailleurs pas obligatoirement dans le présent. Il peut s'agir d'un traumatisme survenu dans le passé, voire un passé lointain.

– Et comment traite-t-on ce genre de troubles ? demanda Meredith avec méfiance.

– Il faut d'abord déterminer la nature du problème et remonter à sa source afin de savoir comment le traiter.

– Autrement dit, par la psychanalyse. C'est bien ce que vous essayez de me faire comprendre, Jennifer ?

– Oui, Meredith. Si vous souffrez réellement, comme je le crois, d'une forme bénigne d'asthénie psychosomatique, je vous recommande de consulter au plus tôt un spécialiste. La maladie, car il s'agit bien d'une maladie, ne se guérira pas toute seule. Plus vous attendrez, plus vous accroîtrez le risque de la voir dégénérer en état chronique.

– Et qui me recommanderiez-vous ?

– Le Dr Hilary Benson. Elle est extrêmement dévouée à ses patients, je suis sûre qu'elle vous plaira. C'est surtout une brillante psychanalyste. Son cabinet est tout près d'ici, au coin de Park Avenue et de la 69e Rue.

Meredith se tassa sur son siège, accablée.

– Ne faites pas cette tête-là, Meredith ! Personne n'est plus sain d'esprit que vous, je suis prête à en témoigner sous serment. Ce n'est pas parce qu'on a une crise de foie qu'on est alcoolique ni parce qu'on souffre d'un trouble psychologique qu'on doit se croire fou ! Écoutez, je ne suis pas spécialiste de ces questions. Là où je pense à une forme d'asthénie psychosomatique, il n'y a peut-être qu'un simple problème de stress, comme je vous l'ai déjà dit.

– Il ne s'agit pas de stress.

– Alors, irez-vous voir Hilary Benson ?

Meredith hésita longuement avant d'acquiescer d'un signe de tête.

18

Meredith n'était pas femme à tergiverser. Ayant décidé de consulter la psychanalyste, elle demanda le jour même à Amy de lui prendre un rendez-vous dès le début de la semaine suivante, après quoi elle s'efforça de ne plus y penser.

Elle avait toujours eu la faculté d'isoler de ses préoccupations immédiates certains problèmes jusqu'au moment de les régler. Aussi parvint-elle à passer les quelques jours suivants sans trop se tracasser sur sa santé mentale. Heureusement pour elle, aucun nouvel accès ne survint pour la lui rappeler.

Lorsqu'elle entra le mardi après-midi dans le cabinet du Dr Benson, elle fut intimidée. La psychanalyste était une femme mûre aux traits harmonieux, aux yeux d'un bleu presque trans-lucide, mais sa bouche avait un pli sévère et ses cheveux noirs, tirés en chignon, lui donnaient l'allure austère d'une institutrice. Rebutée par son abord froid, Meredith dut se souvenir de ce que lui en avait dit Jennifer Pollard pour ne pas battre en retraite sur-le-champ.

Mais Meredith avait besoin de savoir si elle était réellement malade et de découvrir la cause de ces accès récurrents. Or, selon Jennifer, la psychanalyse serait seule capable de détermi-ner la nature et les racines du problème. Puisque le processus était engagé, pensa-t-elle, elle devait au moins lui donner une chance.

Les salutations échangées, le Dr Benson prit place à son bureau et fit asseoir Meredith en face d'elle. Pendant qu'elle ouvrait ses dossiers, Meredith l'étudia avec plus d'attention et révisa son jugement. Contrairement à sa première impression, la psychanalyste n'était sans doute pas plus âgée qu'elle et sa physionomie sévère pouvait se transformer en une expression de chaleureuse sympathie.

– Je me suis longuement entretenue de votre cas avec ma collègue, le Dr Pollard, qui m'a communiqué votre dossier médical. Je constate que vous êtes en excellente santé.

– Oui, grâce à Dieu! répondit Meredith avec un sourire contraint.

De son côté, le Dr Benson soumettait Mere-dith à un examen discret mais pénétrant : belle, façade irréprochable, mais je distingue une faille, pensa-t-elle. Un traumatisme profondément refoulé qui transparaît dans le regard.

— Jennifer estime que vous souffrez peut-être d'une forme encore bénigne d'asthénie psychosomatique.

— Elle me l'a dit, en effet.

— Parlons donc de ces accès, madame Stratton. Quand avez-vous eu le premier ?

— Au début de janvier. J'arrivais à Paris pour mes affaires. J'avais voyagé une partie de la journée et c'est en m'installant à mon hôtel, ce soir-là, que j'ai éprouvé un malaise. La nausée, une sensation d'extrême fatigue.

— D'où veniez-vous ?

— D'Angleterre. Le trajet était bref et, d'habitude, les voyages ne m'incommodent pas. Je suis toujours débordante d'énergie. Mes collaborateurs me reprochent même souvent de les épuiser, ajouta-t-elle en souriant.

— Donc, ce malaise était pour vous inhabituel. Auriez-vous été troublée ce jour-là par un événement particulier ?

— Non. Je croyais simplement avoir attrapé la grippe. Je m'étais longuement promenée ce matin-là dans la neige pour visiter les ruines d'une abbaye. Il faisait très froid et je pensais que...

Meredith s'interrompit soudain.

— Que pensiez-vous, madame Stratton ? demanda le Dr Benson avec un sourire encourageant.

— J'allais vous dire que j'avais sans doute pris froid dans les ruines de cette abbaye mais, maintenant que j'y repense, il est en effet survenu ce matin-là un phénomène étrange. Inexplicable, dirais-je même.

– Pouvez-vous me le décrire ?

– J'ai eu la curieuse impression d'avoir été dans cet endroit auparavant. Un sentiment de déjà-vu.

– Mais vous n'y étiez jamais allée, n'est-ce pas ?

– Non, j'en suis certaine.

– Vous souvenez-vous de ce que vous avez éprouvé ?

– Oui. Mais laissez-moi d'abord vous expliquer quelque chose, docteur Benson. J'avais vu cette abbaye pour la première fois la veille au soir, de la fenêtre d'un hôtel. Elle m'avait paru superbe, isolée dans un immense champ de neige, et je m'étais sentie curieusement attirée par ces ruines. J'avais très peu de temps devant moi le lendemain matin, j'attendais mon associée, bref, je suis sortie seule. Plus je m'en approchais, plus je me sentais littéralement... attirée vers l'abbaye comme par un aimant, au point que je n'aurais pas pu faire demi-tour si je l'avais voulu. Et lorsque j'ai pénétré dans les ruines, j'ai eu l'impression de les reconnaître, de les avoir déjà explorées.

– Pourtant, vous êtes certaine du contraire ?

– Absolument. Je visitais le Yorkshire pour la première fois de ma vie.

– Je vois. Avez-vous éprouvé d'autres émotions, d'autres sentiments inhabituels ce matin-là ?

181

– Oui, le sentiment d'une perte douloureuse. Et aussi, une profonde tristesse. Comme un deuil.

– Pourquoi ? En avez-vous une idée ?

– Aucune. Bien que… Je garde le souvenir assez flou d'une sorte d'illumination qui m'a visitée à ce moment-là, la quasi-certitude d'avoir perdu à cet endroit un être cher. Ou, plutôt, qu'on m'avait *enlevé* un être cher. Ces ruines avaient été le théâtre d'un événement tragique et, malgré tout, il ne s'en dégageait pour moi rien de sinistre. Je m'y sentais bien, au contraire. J'éprouvais même, en un sens, le sentiment de rentrer chez moi.

– Connaissez-vous bien l'Angleterre, madame Stratton ?

– Pas vraiment. J'y vais souvent depuis vingt ans mais presque toujours à Londres ou aux environs. Et puis, comme je vous le disais tout à l'heure, je n'étais jamais allée dans le Yorkshire. Comment expliquez-vous ce qui m'est arrivé ce matin-là ?

– Je ne peux pas – pour le moment du moins. Il est encore beaucoup trop tôt pour se prononcer.

– Pensez-vous, alors, que mon étrange visite à l'abbaye ait pu déclencher le premier accès ?

– Je l'ignore. L'esprit humain est un mécanisme complexe qui requiert un constant effort de compréhension. Mais laissons de côté pour le moment votre visite de cette abbaye, si vous le voulez bien. Je sais par le Dr Pollard que vous êtes australienne de naissance. Pouvez-vous me parler brièvement de vous-même, de votre environnement familial ?

– Je suis originaire de Sydney, où j'ai grandi. Mes parents sont morts tous deux dans un accident de voiture quand j'avais dix ans et j'ai été recueillie par des proches, déclara Meredith en fixant le Dr Benson dans les yeux.

Elle ment, pensa la psychanalyste. Elle me débite par cœur des phrases toutes faites, comme elle l'a déjà fait des milliers de fois, j'en suis certaine.

– Il est triste de se retrouver orpheline aussi jeune. Qui vous a recueillie après la mort de vos parents ?

– Des proches, je viens de vous le dire.

– Mais encore ?

– Une tante.

– Avez-vous des frères et sœurs ?

– Non. J'ai toujours été seule dans la vie.

– Avez-vous toujours pensé que vous étiez seule dans la vie, même avec votre tante ?

– Oui.

– Dites-moi comment vous êtes arrivée dans ce pays, madame Stratton.

– Volontiers. Je préférerais que vous m'appeliez Meredith, docteur Benson, ajouta-t-elle.

– Avec plaisir. Alors, parlons de votre découverte de l'Amérique, Meredith.

En quelques mots, elle résuma son engagement à Sydney par la famille américaine qui l'avait emmenée aux États-Unis à l'âge de dix-sept ans.

– C'est bien jeune, observa le Dr Benson. Votre tante n'a pas soulevé d'objection ?

– Aucune, elle s'en moquait éperdument. D'ailleurs, elle avait quatre filles et je ne l'intéressais pas. Elle était trop contente de se débarrasser de moi.

– Vous ne vous sentiez donc pas proche de votre tante ?

– Absolument pas.

– Et de vos parents ?

– Pas davantage.

– Pourtant, vous étiez fille unique. Les enfants uniques sont généralement très proches de leurs parents.

– Pas moi, docteur.

La psychanalyste affecta de prendre des notes pour se donner le temps de réfléchir. Elle était maintenant certaine que Meredith mentait. Ses phrases étaient trop bien répétées, elle s'exprimait sur un débit rapide comme si elle craignait de se tromper ou de se recouper – ou de révéler malgré elle quelque chose qu'elle tenait à garder secret.

– Vous êtes donc arrivée aux États-Unis avec la famille Paulson. Êtes-vous retournée en Australie depuis ? demanda-t-elle avec un sourire encourageant.

– Non. Quand M. Paulson a été nommé à Johannesburg, j'ai préféré rester dans le Connecticut.

– Seule ? Vous n'aviez que dix-huit ans.

– J'avais trouvé un job à Silver Lake Inn, un hôtel où j'étais logée et nourrie. Les propriétaires, les Silver, appartenaient à une vieille famille honorablement connue. Mme Paulson m'a donné sans hésiter son autorisation.

– Vous étiez donc indépendante à dix-huit ans. Quelle impression cela vous a-t-il fait ?

– Cela me plaisait, bien sûr, mais je n'étais pas abandonnée à moi-même. Les Silver m'ont dès le début traitée comme un membre de la famille. À Silver Lake, je me suis sentie chez moi comme jamais auparavant.

– Si je vous comprends bien, ils vous considéraient comme leur fille ?

– Non, plutôt comme une jeune sœur. Ils n'étaient pas assez âgés pour être mes parents.

– Quel âge avaient-ils ?

– Amelia trente-six ans, Jack trente-deux.

– Et quelles étaient vos fonctions, à l'hôtel ?

– J'ai débuté comme réceptionniste, mais j'ai très vite aidé Amelia dans les travaux administratifs. Sa paralysie ne lui simplifiait pas la tâche.

– Pourquoi Amelia Silver était-elle paralysée ?

– Elle avait fait une chute de cheval à vingt-cinq ans, peu après leur mariage. Elle avait perdu l'enfant dont elle était enceinte et était restée paraplégique. Elle subissait ses épreuves avec un courage exemplaire.

– Parlez-moi un peu d'elle. À l'évidence, elle vous inspirait beaucoup d'affection et d'admiration.

Meredith n'eut pas à se faire prier pour dépeindre longuement Amelia Silver dans les termes les plus chaleureux.

– Si je comprends bien, dit Hilary Benson après l'avoir écoutée, elle vous a inculqué certaines valeurs.

– Bien sûr ! Je dirais même qu'elle a fait mon éducation dans presque tous les domaines. Jack aussi. Grâce à lui, j'ai découvert que certains êtres ont de réelles qualités de cœur. Il m'aidait, m'encourageait, m'apprenait à gérer une affaire. C'était un homme aussi intelligent que bon.

– Parlez-moi un peu de l'hôtel, maintenant.

Meredith se lança sans hésiter dans une description enthousiaste de Silver Lake.

– De la manière dont vous en parlez, observa le Dr Benson, vous semblez très attachée à ce lieu, Meredith.

– J'adore Silver Lake ! Je l'ai aimé dès l'instant où j'y ai jeté les yeux. C'est le premier vrai foyer que j'aie jamais eu. Mon havre de paix...

Elle s'interrompit, consciente d'en avoir trop dit, et affecta de regarder le tableau accroché derrière le bureau.

– Votre havre de paix, Meredith ? Vous ne vous sentiez donc pas en sûreté jusqu'alors ?

– C'est une expression toute faite, répliqua sèchement Meredith.

– Soit. Vous parlez des Silver avec tant d'affection que vous les aimez sûrement beaucoup. Comment vont-ils ?

– Ils sont morts tous les deux.

– Pardonnez-moi. Leur disparition a dû vous faire une peine profonde.

– J'en ai eu le cœur brisé.

– Quand sont-ils décédés ?

– Jack est mort en 1973, il n'avait que trente-six ans. Amelia lui a survécu à peine plus d'un an.

– C'est fort triste pour vous de perdre ainsi deux personnes qui, manifestement, vous étaient très chères. Ils vous étaient eux aussi très attachés, n'est-ce pas ?

– Oui. C'est pourquoi leur mort m'a si profondément affectée. Jack était la première personne au monde qui me manifestait de l'affection, me réconfortait, me prenait dans ses bras.

Il y eut un silence.

– Dois-je comprendre, demanda enfin le Dr Benson, que vous aviez des relations amoureuses avec Jack Silver ?

– Je n'ai rien dit de semblable ! s'exclama Meredith. Amelia m'aimait autant que lui et me donnait sans cesse des marques de son affection, mais elles ne pouvaient être que verbales ! Comment une malheureuse femme clouée dans un fauteuil d'infirme aurait-elle pu me prendre dans ses bras ?

– Je comprends, dit le Dr Benson en notant discrètement la réaction de colère de Meredith.

Cette attitude dénotait à coup sûr qu'il y avait bien eu des relations amoureuses entre Meredith et Jack Silver, mais il était encore trop tôt pour explorer cette question. À l'évidence, sa patiente n'était pas prête à l'admettre. Il faudrait aborder le sujet avec tact.

Meredith consulta sa montre. Il était seize heures.

– J'ai un rendez-vous à mon bureau dans une demi-heure, docteur Benson. Je crois, de toute façon, que notre séance touche à sa fin ?

– En effet. Voyons, nous en avons une autre de prévue jeudi prochain, n'est-ce pas ?

– C'est exact, dit Meredith en se levant.

– À jeudi, donc.

Pourtant, lorsqu'elle serra la main de la psychanalyste à la porte de son bureau, Meredith s'était déjà promis de ne pas se présenter au rendez-vous.

19

En dépit de ses réticences, Meredith se rendit le jeudi suivant au cabinet du Dr Benson. Elle accepta même de revenir trois fois la semaine suivante. Ces entretiens ne permirent cependant pas à la psychanalyste de déceler la cause profonde des accès de fatigue pathologique que connaissait Meredith.

Aussi, dès le début du cinquième, celle-ci décida que ce serait le dernier.

– Je crains que tout cela ne nous mène à rien, docteur Benson. Je parle, vous m'écoutez, et nous n'avons toujours fait aucun progrès. Nous ne savons même pas si je souffre réellement d'asthénie psychosomatique.

– Je pense que si, déclara la psychanalyste.

– Je n'ai pourtant plus eu d'accès de ce genre.

– Je sais, mais cela ne veut rien dire.

– De toute façon, je préfère que nous nous en tenions là. Nous n'aboutissons à rien.

– J'estime, au contraire, que vous auriez tort d'arrêter. Nous sommes en bon chemin, j'en suis convaincue. Avec un peu de persévérance, nous parviendrons au fond du problème.

– Cela peut demander encore des semaines ! protesta Meredith. Je dois partir pour Londres et Paris et je serai absente un mois.

– Quand partez-vous ?

– Mercredi ou jeudi de la semaine prochaine.

– Voyons quand même ce que nous pouvons faire aujourd'hui.

Meredith n'osa pas refuser. Elle avait appris à apprécier le caractère direct de Hilary Benson et se sentait à l'aise avec elle. Elle se savait aussi en grande partie responsable de l'échec des séances d'analyse. Depuis des années, elle vivait dans un écheveau de demi-vérités et de demi-mensonges. Exhumer tout ce qu'elle cachait si profondément et avec tant de soin représentait une tâche des plus difficile.

– Aujourd'hui, Meredith, je ne mâcherai pas mes mots, je serai même avec vous d'une franchise brutale. Je sais que vous me mentez depuis le début. Je sais que vous avez eu des relations sexuelles avec Jack Silver. Je veux maintenant vous entendre m'en parler de vous-même.

Cette attaque frontale prit Meredith au dépourvu.

– Nos rapports n'étaient pas seulement sexuels! laissa-t-elle échapper. Nous nous aimions.

Elle s'interrompit, se mordit les lèvres. Mais elle en avait déjà trop dit.

– Allons, Meredith, il ne faut pas en avoir honte, dit le Dr Benson avec compréhension. Je ne suis pas ici pour vous juger mais pour vous venir en aide. Parlez-moi de Jack, dites-moi ce qui se passait à Silver Lake. Cela vous fera du bien, je le sais. Et plus j'en saurai sur vous et votre passé, mieux je serai en mesure de remonter jusqu'à la source réelle de vos troubles.

Sans répondre, Meredith alla se poster devant la fenêtre. Au-dessous d'elle, les passants, les voitures allaient et venaient sur Park Avenue, mais elle ne les voyait pas. Jack et Amelia reprenaient vie dans sa mémoire, elle se revoyait avec eux, elle revivait tout ce qu'ils faisaient ensemble dans ce passé déjà lointain. Il ne fallait pas que Hilary Benson se fasse une mauvaise opinion de Jack ni d'elle-même.

Au bout d'un long silence, elle revint prendre place en face de la psychanalyste.

– Oui, c'est vrai, Jack et moi avons eu des relations sexuelles, mais comprenez bien que c'était avant tout parce que nous nous aimions du fond du cœur. Je ne voulais pas vous en parler de peur que vous ne vous mépreniez. Les mots sont souvent incapables de traduire la réalité, la profondeur des sentiments. Faute d'en avoir été témoin, vous n'auriez peut-être pas compris la nature de l'amour qui nous unissait, des sentiments que nous partagions. Personne, à vrai dire, ne peut ni n'aurait pu les comprendre.

– Je comprends parfaitement ce que vous me dites et, je vous le répète, je ne suis pas votre juge mais votre médecin. Si je veux vous aider, je dois connaître votre passé.

– Pensez-vous que ma liaison avec Jack serait la cause de mes troubles ?

– Je l'ignore, Meredith. Je dois d'abord tout savoir avant de formuler une hypothèse.

– Pour ma part, je suis certaine que ce n'est pas le cas. Je vous raconterai quand même tout ce qui s'est passé entre Jack et moi depuis mon arrivée à Silver Lake en 1969. Mais auparavant, en guise de préambule si vous voulez, je dois vous révéler autre chose. Il y a une quinzaine de jours, mon fils Jonathan m'a dit que quand il était tout petit, il m'entendait pleurer la nuit. Et c'est vrai. À cette époque, il m'arrivait de pleurer des nuits entières, pour bien des raisons d'ailleurs, mais surtout à cause d'Amelia et Jack. Ils me manquaient terriblement.

Meredith s'éclaircit la voix avant de poursuivre :

– Jack Silver a été le seul véritable amour de ma vie. Je l'ai aimé dès notre première rencontre et il m'a dit par la suite être tombé au même moment amoureux de moi. Un coup de foudre réciproque... Pourtant, nous nous le sommes longtemps caché, jusqu'au jour, en juillet, où Amelia a dû se rendre au chevet de sa mère gravement malade. Jack l'a conduite à New York en voiture. À son retour ce soir-là, il m'a retrouvée près du lac. Il faisait une chaleur écrasante, je m'étais étendue dans l'herbe pour me rafraîchir. Il m'a avoué son inquiétude de savoir Amelia seule avec sa mère et deux jeunes domestiques sans expérience, puis il m'a demandé si j'accepterais d'aller la rejoindre pour veiller sur elle. Je lui ai répondu que, pour lui, je ferais n'importe quoi.

« Alors, sans que nous comprenions ce qui nous arrivait, nous sommes tombés dans les bras l'un de l'autre. Jamais de ma vie je n'avais éprouvé un tel élan d'amour, de passion, de désir. En fait, docteur Benson, j'étais vierge et totalement inexpérimentée. Lorsque Jack l'a découvert, il m'a reproché de ne pas l'en avoir averti, mais il était trop tard. Nous avions déjà fait l'amour.

Meredith s'interrompit. Le Dr Benson préféra ne pas intervenir jusqu'à ce qu'elle reprenne le fil de son récit.

– Nous étions insatiables. Nous faisions l'amour tous les jours, même après le retour d'Amelia. C'était plus fort que nous. Jack était chaste depuis des années. Il m'a dit être allé une fois chez une call-girl de New York mais que cela avait été un échec car il n'éprouvait rien pour cette fille. Jack m'aimait autant qu'il aimait Amelia, aussi nous évitions scrupuleusement de manifester nos sentiments en sa présence. De peur de la blesser, Jack ne voulait à aucun prix qu'elle soit au courant et il répétait qu'elle ne devrait jamais se douter de rien.

«Et puis, un jour, je n'ai pas eu mes règles. J'étais terrifiée à l'idée qu'Amelia devinerait que l'enfant était de Jack, mais Jack me rassurait, m'affirmait qu'Amelia ne nous soupçonnerait pas. Je l'ai cru. Pourquoi n'aurais-je pas cru l'homme que j'aimais plus que tout au monde ? Il me suffirait, disait-il, de m'inventer un petit ami et de prétendre devant Amelia qu'il m'avait séduite et abandonnée pour fuir ses responsabilités. C'est l'histoire que j'ai racontée à Amelia et elle m'a crue.

«De fait, docteur Benson, Amelia était au septième ciel en apprenant que j'étais enceinte. Elle a d'abord tenu à ce que je quitte ma mansarde pour me loger dans l'appartement au-dessus du garage. À mon sixième mois, afin que je n'aie plus à monter et descendre l'escalier, elle m'a installée chez eux, dans une chambre d'amis au rez-de-chaussée.

«J'étais à mon huitième mois quand Amelia m'a demandé si j'avais l'intention de partir après la naissance du bébé: Je lui ai répondu que j'espérais au contraire pouvoir rester à Silver Lake. Je n'oublierai jamais son sourire et la manière dont elle a posé la main sur mon ventre en disant : "Ce sera *notre* enfant, Meri. Nous l'élèverons tous ensemble et nous serons encore plus heureux qu'avant." Car nous l'étions, c'est vrai. Parfois, je demandais à Jack si Amelia avait deviné que l'enfant était de lui, mais il m'affirmait à chaque fois qu'elle ne se doutait de rien.

« Notre fille Catherine est finalement venue au monde. Le plus beau, le plus adorable bébé dont nous ayons pu rêver les uns et les autres. Et puis, trois ans plus tard, la tragédie s'est abattue sur notre petit paradis. Jack est mort d'un infarctus foudroyant pendant qu'il s'entretenait sur la pelouse avec Pete O'Brien, le régisseur. Nous ignorions tous qu'il avait des problèmes cardiaques.

Perdue dans ses souvenirs, le regard absent, Meredith s'interrompit.

– Que s'est-il passé ensuite ? demanda Hilary Benson au bout d'un long silence.

– Nous avons pleuré, Amelia et moi. Nous étions inconsolables de l'avoir perdu. Je devais pourtant m'occuper de mon enfant, faire marcher l'hôtel. J'avais des responsabilités écrasantes, mais j'étais jeune et pleine d'énergie. Amelia était tellement abattue, la pauvre chérie, que je devais aussi veiller sur elle. Après la mort de Jack, voyez-vous, elle avait perdu jusqu'à l'envie de vivre. Elle déclinait déjà au printemps suivant, je la sentais se laisser glisser dans la mort. Plus les mois passaient, plus j'en avais le cœur lourd. L'idée de la perdre à son tour me remplissait d'une véritable terreur.

« Un jour, c'était un vendredi, nous arrangions ensemble des vases de fleurs pour le restaurant, Cat jouait au soleil sur les marches du perron quand, tout à coup, Amelia m'a dit qu'elle avait fait son testament. "Tout sera pour toi et Cat, Meri. Je n'ai personne d'autre à qui le léguer et, de toute façon, Cat est une Silver. La dernière de la lignée, jusqu'à ce qu'elle ait elle-même des enfants. Il est normal que la propriété aille à la fille de Jack, n'est-ce pas ? Je te fais confiance pour veiller sur son héritage, Meri, tu es intelligente et droite. Si tu étais forcée un jour de vendre l'hôtel ou de le louer parce qu'il devient trop lourd pour toi, fais-le sans hésiter. Mais, quoi qu'il arrive, garde les terres et le lac. La propriété vaut des millions, sa valeur continuera d'augmenter. Jack lui-même te l'aurait demandé, Meri, cette propriété est depuis près de deux siècles dans sa famille." Imaginez ma stupeur, docteur Benson : Amelia savait que Jack était le père de Catherine !

« Une fois revenue de ma surprise, je lui ai demandé comment elle avait deviné. Elle m'a regardée bizarrement et m'a répondu : "Mais je le sais depuis le premier jour où tu as été enceinte, Meri." Alors, devant ma mine de plus en plus effarée, elle m'a pris la main : "C'est Jack qui me l'a dit, ma chérie. Il m'aimait depuis l'enfance, mais il t'aimait aussi et avait désespérément besoin de toi. C'était un homme jeune, viril, passionné. Depuis mon accident, je n'étais plus une femme pour lui. Je sais qu'il n'en regardait aucune autre et qu'il était resté chaste jusqu'à ton arrivée. Car là, Meri, il est tombé follement amoureux de toi. Et quand tu as été enceinte, ma chérie, il a voulu cet enfant, il l'a désiré plus que tout au monde. Je ne lui ai jamais reproché les rapports qu'il avait avec toi. Je savais qu'il ne me ferait de la peine ni ne me délaisserait sous aucun prétexte, je connaissais aussi ta loyauté foncière. J'aimais Jack de tout mon cœur, Meri, autant que je t'aime toi et que j'aime cet enfant. Elle est comme ma propre fille." Et je savais, docteur Benson, qu'Amelia disait la vérité et que chacune de ses paroles lui venait du fond du cœur.

L'évocation de ce lointain souvenir soulevait toujours en Meredith des émotions aussi vives. Les yeux brillants de larmes, elle dut s'interrompre quelques instants.

– Amelia est morte quelques mois plus tard, en 1974, reprit-elle. J'ai découvert alors l'étendue de sa générosité. Car elle ne nous a pas seulement légué Silver Lake, à Cat et à moi, mais aussi sa fortune personnelle héritée de sa mère. Pourtant, j'aurais tout donné avec joie pour garder Amelia en vie, près de moi. Des années, je l'ai pleurée et je la pleure encore – autant, plus peut-être que Jack.

Le silence retomba. Meredith s'essuya furtivement les yeux. Il y avait une carafe d'eau sur un guéridon à l'autre bout du cabinet. Meredith alla s'en verser un verre.

– Une étrange histoire, et très émouvante, dit Hilary Benson.

Elle n'avait pu être insensible à l'évidente sincérité de Meredith. Elle mentait peut-être sur certaines périodes de sa vie, mais pas sur celle-ci.

– Je suis persuadée, docteur Benson, que mes accès n'ont rien à voir avec ma jeunesse dans le

Connecticut, dit Meredith en revenant s'asseoir. Les Silver m'ont toujours manifesté de la bonté et j'étais très heureuse avec eux.

– Je m'en rends compte et je crois que vous avez raison. Il n'y a sans doute aucun lien entre vos attaques et cette période de votre vie. Nous devrions fouiller plus en arrière, mais je ne vois pas quand nous pourrions le faire si vous partez au milieu de la semaine prochaine. Pouvez-vous me réserver une autre séance ? Elle nous permettrait au moins de découvrir de nouveaux indices, d'entrevoir une piste.

Meredith hésita.

– Soit. Si vous avez une possibilité dans votre emploi du temps, je pourrai me libérer demain après-midi.

– Laissez-moi vérifier avec ma secrétaire, je vous le dirai dans un instant.

Cette nuit-là, Meredith fit un nouveau cauchemar.

Elle avait plusieurs rendez-vous dans la matinée du lendemain et tenait à régler le maximum de questions avant sa séance de l'après-midi chez le Dr Benson. Couchée de bonne heure après un dîner léger, elle s'était aussitôt endormie d'un sommeil profond.

L'aube pointait lorsqu'elle se réveilla en sursaut, couverte de sueur et le cœur battant. Elle alluma sa lampe de chevet, s'essuya le visage et repassa dans sa tête les détails de son horrible rêve.

Seule dans le sinistre désert, elle cherche le petit garçon et la petite fille. Ils ont disparu dans une profonde crevasse. Elle les a vus tomber et elle a peur pour eux. Il faut maintenant qu'elle les retrouve. Parce que, eux, ils savent. Ils connaissent le secret.

Elle marche, elle marche en scrutant l'horizon. Elle allait perdre espoir quand elle les voit reparaître au bord de l'étendue de boue séchée. Quel bonheur de les avoir retrouvés ! Le petit garçon enlève sa casquette, lui fait signe en l'agitant. Tous trois réunis, ils se prennent par la main et marchent ensemble vers l'horizon. Elle est maintenant habillée comme la petite fille, avec un grand manteau sombre, une longue écharpe rayée et un béret sur la tête. Ils ont tous les trois d'énormes étiquettes épinglées au revers de leurs vêtements. Elle regarde celle de la petite fille, mais les lettres sont à demi effacées par la pluie et elle ne peut pas lire son nom. Ni celui du petit garçon. Elle baisse les yeux vers la sienne, voit qu'elle est elle aussi toute brouillée. Elle ne sait plus comment elle s'appelle.

Devant eux, il y a un grand bateau, si grand et si haut qu'il semble écraser le quai. La petite fille a peur, elle ne veut pas monter dans le bateau et se met à pleurer. Le petit garçon pleure aussi. Elle pleure à son tour. Ni elle ni les autres ne veulent monter à bord du grand bateau. Ils ont les joues trempées de larmes qui gèlent sur la peau tellement il fait froid. Et la neige commence à tomber.

La mer est noire, visqueuse comme de l'huile. Ils ont peur, très peur. Ils se raccrochent l'un à l'autre en pleurant. On les fait descendre du bateau car ils sont arrivés à leur destination, l'immense désert aride où rien ne pousse. Le ciel est très bleu, le soleil brûlant. Ils marchent, ils marchent encore. Il y a maintenant beaucoup d'enfants. Ils marchent tous vers la mer aux eaux noires où ils s'enfoncent en marchant. Elle recule, elle ne veut plus bouger. Elle essaie de retenir la petite fille, de l'empêcher d'aller se noyer dans la mer, mais elle n'y arrive pas. La petite fille lui échappe, le petit garçon s'éloigne aussi et ils s'enfoncent ensemble dans la mer. Elle veut leur crier de s'arrêter, aucun son ne sort de sa bouche. Elle se retrouve de nouveau seule sur la boue durcie. Elle a peur. Ils connaissaient le secret, pas elle. Maintenant, ils sont partis pour toujours. Et elle ne saura jamais.

Cette fois, le rêve différait des précédents. Elle eut beau lui chercher une signification, Meredith n'en décela aucune et décida de le raconter au Dr Benson. Peut-être la psychanalyste serait-elle capable de lui en fournir une interprétation.

– J'ai omis de vous parler de quelque chose qui pourrait avoir un lien avec mes attaques, docteur Benson. En tout cas, cela a recommencé après la deuxième.

– De quoi s'agit-il ?

– D'un rêve, un cauchemar plutôt, que je fais de temps en temps depuis des années.

– Depuis combien d'années ?

– Depuis que j'ai douze ou treize ans. Ce rêve a cessé peu après mon arrivée dans le Connecticut. Je me rappelle aussi l'avoir fait deux ou trois fois entre vingt et trente ans. Puis, plus rien jusqu'en janvier dernier.

– Est-il survenu après un de vos accès de fatigue ?

– Oui. Je passais le week-end chez un ami dans le Val de Loire. J'ai eu mon malaise dans l'après-midi et je suis montée me reposer dans ma chambre. J'étais si fatiguée que je me suis endormie. En me réveillant, j'étais stupéfaite que ce rêve soit revenu au bout de tant d'années en me laissant la même sensation de peur.

– Pouvez-vous me le raconter, Meredith ?

Après avoir résumé ses rêves, Meredith expliqua que des éléments en différaient à chaque fois.

– Ainsi, dans le dernier, vous étiez enfin réunie avec le petit garçon et la petite fille, dit le Dr Benson. Y avait-il d'autres variations par rapport aux précédents ?

– Oui, le bateau.

Elle s'interrompit, pâlit, ferma les yeux.

– Meredith, êtes-vous souffrante ?

– Non, docteur Benson, répondit-elle en rouvrant les yeux. Dites-moi, que signifient les rêves ?

– Ils expriment en général des images, des impressions profondément enfouies dans le subconscient. Le plus souvent, ce qui fait peur ne remonte à la surface qu'à la faveur du sommeil, lorsque l'inconscient peut se manifester avec une certaine liberté. Pour ma part, j'estime que les rêves se nourrissent, en majorité, de nos souvenirs et de nos peurs.

– Comment interpréteriez-vous mes cauchemars, alors ?

– Je ne sais pas. Il faut les analyser en détail et les replacer dans leur contexte pour tenter une première interprétation.

Meredith respira profondément : ses nerfs la trahissaient. Elle étouffait sans raison, elle avait besoin de sortir, de bouger, de respirer. Sur le point de hurler, elle dut serrer les dents, se leva, se rassit.

Le Dr Benson observa son comportement avec inquiétude.

– Vous me paraissez tout à coup bouleversée, Meredith. Que se passe-t-il ? Qu'avez-vous ?

Elle ne répondit pas. Un tremblement la saisit, qu'elle ne put maîtriser. Hilary Benson posa sur son épaule une main apaisante. Meredith leva vers elle des yeux pleins de larmes.

– Je ne vous ai pas dit la vérité... Ni à vous ni à personne...

La psychanalyste décrocha en hâte le téléphone, dit à sa secrétaire d'annuler ses rendez-vous suivants jusqu'à nouvel ordre et revint près de Meredith. Pliée en deux sur sa chaise, celle-ci se balançait d'arrière en avant, comme sous le coup d'une intense douleur. Le médecin la prit par le bras et la força à se redresser.

– Venez vous asseoir avec moi sur ce canapé, Meredith, vous y serez plus à l'aise. Dites-moi tout, maintenant. Prenez votre temps, rien ne presse.

Meredith se laissa emmener sans résister. Les deux femmes s'assirent côte à côte. Il y eut un long silence.

– Je ne sais pas qui je suis, dit enfin Meredith d'une voix sourde. Ni d'où je viens. J'ignore qui étaient mes parents. J'ignore aussi mon vrai nom. Je n'ai pas d'identité. Je me suis inventé mon personnage. Je me suis dicté mes propres règles de vie. Je n'avais personne pour me les enseigner. Personne pour m'aimer. J'ai toujours été seule au monde jusqu'à ce que je connaisse les Silver. Pendant les dix-sept premières années de ma vie, j'étais une âme en peine, une âme errante. Je le suis encore à bien des égards. Aidez-moi. Oh! mon Dieu. Qui suis-je vraiment? D'où est-ce que je viens? Qui m'a mise au monde? Je ne sais rien. Rien.

Meredith pleurait sans pouvoir se retenir. Ses larmes ruisselaient sur ses joues et jusque sur ses mains. En proie au désespoir, elle recommença à se balancer. Le Dr Benson la laissa pleurer sans mot dire. Quelques instants plus tard, les larmes cessèrent d'elles-mêmes. Toujours en silence, la psychanalyste lui tendit une boîte de Kleenex et lui versa un verre d'eau. Meredith but avec avidité.

– Pardonnez cette scène de mauvais goût, dit-elle enfin.

– Vous n'avez rien à vous faire pardonner.

Vous devriez au contraire vous sentir soulagée dc vous être confiée. Cela ne peut que vous faire du bien et c'est un premier pas vers la guérison. Quand vous voudrez de nouveau parler, je serai prête à vous écouter. En attendant, je suis à vous jusqu'à la fin de la journée, Meredith. Et même jusqu'à cette nuit si vous voulez. Rien ne presse.

– Merci. Oui, il faut que je vous parle.

Meredith prit une profonde inspiration et commença :

– J'ai passé mon enfance dans un orphelinat de Sydney. J'avais déjà huit ans quand Gerald et Merle Stratton m'ont adoptée. Elle n'aimait pas mon nom qu'elle a changé pour celui de Meredith. Ces gens étaient foncièrement méchants, froids, insensibles. Ils me traitaient comme une domestique. Je devais faire le ménage, la lessive, la cuisine le matin avant d'aller à l'école et le soir en rentrant. Et je n'avais que huit ans. Sans me maltraiter à proprement parler, ils n'hésitaient pas à me battre au moindre prétexte. En plus, elle était avare, surtout pour la nourriture. Je les haïssais. Et puis, quand j'ai eu dix ans, ils se sont tués tous les deux dans un accident de voiture. Sa sœur ne voulait pas de moi et m'a renvoyée à l'orphelinat, où je suis restée jusqu'à l'âge de quinze ans. Je n'ai revu cette prétendue tante qu'une seule fois, deux ans plus tard, quand elle m'a aidée à obtenir mon passeport tant elle avait hâte de se débarrasser de moi.

Elle se tut, se laissa aller contre le dossier du

canapé et maîtrisa tant bien que mal le tremblement qui la saisissait à nouveau. Le Dr Benson lui prit la main.

– Avez-vous été victime d'abus sexuels de la part des Stratton, Meredith ?

– Non, je ne peux pas me plaindre d'eux à ce sujet. Je ne souffrais que de leur froideur, de leur indifférence. Je n'existais pas. Ils ne m'avaient adoptée que pour avoir une domestique gratuite. Leur mort a été pour moi un soulagement. J'avais cru que si quelqu'un m'adoptait, ce serait pour m'aimer. Ils ne m'ont jamais manifesté la moindre affection. Personne ne m'aimait.

Elle dut ravaler un nouveau flot de larmes avant de pouvoir continuer :

– Comment vous expliquer l'horreur de l'orphelinat ? Vivre au milieu d'étrangers hostiles ou indifférents, sans jamais une caresse, un mot tendre. Je n'ai jamais compris pourquoi j'étais condamnée à cet enfer. Je me torturais l'esprit. Je croyais y avoir été mise par mes parents pour me punir d'avoir été méchante. Je ne comprenais pas. Je brûlais du désir de savoir d'où je venais, qui étaient mes parents, mais je ne l'ai jamais su. Personne ne m'a jamais rien dit, personne n'a jamais répondu à mes questions.

– Quel est votre plus ancien souvenir, Meredith ? Fermez les yeux, détendez-vous. Essayez de remonter dans le temps, de vous concentrer sur vos années d'enfance. Que voyez-vous ? Parvenez-vous à retrouver un souvenir ?

204

Les yeux clos, Meredith réfléchit longuement.

– Je vois une rivière, rien de plus. C'est peut-être pour cela que j'aime vivre près de l'eau.

– Quel âge aviez-vous en arrivant à l'orphelinat ?

– Je ne sais pas, docteur Benson. Pour moi, j'y ai toujours vécu.

– Depuis que vous étiez bébé ?

– Oui… Non. Non, je ne crois pas. Dans mon cauchemar de la nuit dernière, il y avait le bateau. Quand j'étais toute petite, je me souvenais d'avoir été sur un bateau.

– Une barque ou un navire ? Les implications seraient radicalement différentes.

Meredith referma les yeux, se força à ranimer ses souvenirs d'enfance. Elle se revit confusément gravir une passerelle avec d'autres enfants. Elle revit des matelots, des officiers galonnés, des quais. Un drapeau flottant à un mât. L'Union Jack.

– Un navire, dit-elle enfin. Un paquebot naviguant sous pavillon britannique. Je suis *sûrement* montée à bord d'un navire avec d'autres enfants, ce qui explique peut-être pourquoi il y a toujours des enfants dans mes rêves.

– C'est possible, en effet. Encore un effort de mémoire, Meredith. Seriez-vous née en Angleterre avant d'avoir été emmenée très jeune en Australie ?

– Peut-être. Mais pourquoi n'en ai-je aucun souvenir ? Pourquoi ces années-là ne m'ont-elles laissé aucune trace ?

– Par un phénomène classique de refoulement,

Meredith. Je commence à entrevoir que vous avez subi dans votre enfance une terrible épreuve, un traumatisme qui a provoqué ce refoulement. Je puis même d'ores et déjà affirmer que c'est ce dont vous souffrez actuellement. Selon toute vraisemblance, la source de vos accès d'asthénie psychosomatique est là.

– Mais pourquoi maintenant ? Pourquoi n'ai-je jamais eu d'attaques auparavant ?

– Parce que vos souvenirs étaient trop profondément enfouis dans votre subconscient. Quelque chose a déclenché depuis peu cette remontée de vos souvenirs refoulés.

– Quelque chose ? Quoi donc, à votre avis ?

– Je l'ignore, mais je me demande si ce ne serait pas votre visite à cette abbaye.

– Croyez-vous que j'y sois réellement allée dans le passé et que je l'aie oublié ?

– C'est possible, voire probable. Si tel est le cas, cela éclaircirait beaucoup de points encore obscurs.

– Disposez-vous d'autres moyens capables de déclencher cette… remontée de mes souvenirs, comme vous dites ?

– Moi, non. Vous seule pouvez vous efforcer de plonger jusqu'au plus profond de votre mémoire. Vous partez pour l'Angleterre la semaine prochaine. Vous y verrez peut-être un paysage, un détail, une personne qui provoquera un choc et réveillera vos souvenirs. En attendant, parlons encore un peu de vos années dans cet orphelinat.

Meredith ne put réprimer un violent frisson.

– Aucun enfant ne devrait avoir à subir une horreur pareille ! s'écria-t-elle. Mais je vais quand même essayer de vous en dire plus – si vous y tenez vraiment.

– Oui, Meredith. Je me rends compte combien cela vous est douloureux, mais nous y découvrirons peut-être d'autres indices susceptibles de nous mettre sur la voie.

Ce soir-là, Meredith téléphona à Luc. Elle ne supportait pas de lui dissimuler plus longtemps son passé. Elle éprouvait aussi le besoin de se confier et, plus encore, de chercher auprès de lui un réconfort qu'elle ne pouvait trouver auprès de personne d'autre.

20

Catherine Stratton prit du recul afin d'examiner d'un œil critique l'aquarelle qu'elle venait de terminer. Un sourire lui monta aux lèvres : le petit garçon pelotonné dans son lit avait l'allure innocente d'un angelot endormi. Juste ce qu'il fallait pour illustrer le dernier poème du recueil. Désormais complète, la série pouvait partir chez l'éditeur – sans un jour de retard. Miracle !

Satisfaite, elle trempa une plume dans l'encre de Chine et signa Cat ; son diminutif, qui lui tenait lieu de pseudonyme, devenait une signature de plus en plus connue et appréciée.

Descendue de son tabouret, elle s'étira et sortit de l'atelier pour aller à la cuisine. Sa mère et elle avaient elles-mêmes décoré son loft de SoHo en tirant le meilleur parti de l'espace et des surfaces vitrées. L'atelier occupait une extrémité, la cuisine et le coin salle à manger une autre. Entre les deux, un vaste living et deux chambres, chacune avec sa salle de bains.

Quatre ans auparavant, Catherine avait reçu le loft en cadeau d'anniversaire pour ses vingt et un ans. «Ce n'est pas moi qui te l'offre, avait dit sa mère, mais Jack et Amelia. Je t'ai acheté cet appartement avec l'argent de leur succession.» Meredith lui avait alors expliqué les clauses du testament d'Amelia et révélé le montant de la fortune qui lui était destinée. Depuis la mort d'Amelia, Meredith faisait fructifier ce capital avec habileté. Catherine avait ainsi découvert sa chance d'être une riche héritière.

Catherine savait depuis toujours qu'elle était la fille de Jack Silver, Meredith le lui avait appris dès qu'elle avait été en âge de comprendre. Mais elle se souvenait à peine de lui, Amelia elle-même était floue dans sa mémoire. Le personnage central de sa vie avait toujours été sa mère, à qui elle vouait une véritable adoration. Trop intelligente pour les blâmer, Cat ne portait aucun jugement sur sa liaison adultère avec Jack. Elle était assez mûre, par ailleurs, pour apprécier le fait que personne au monde n'avait su ce qui s'était passé entre eux deux – ou plutôt, entre eux trois car, à l'évidence, Amelia approuvait leurs rapports ou fermait volontairement les yeux.

Catherine s'interrogeait parfois sur le passé de sa mère. Par des recoupements, des détails échappés au hasard des conversations, elle savait que, pour elle, la vie avait réellement commencé à son arrivée aux États-Unis. Et bien que Meredith se soit toujours montrée plus que discrète sur sa jeunesse en Australie, sa fille savait qu'elle avait eu une enfance pénible, cruellement privée de toute affection. Pour cette raison, Catherine comprenait que Meredith ait aimé ses enfants avec une passion exclusive, comme si elle cherchait à se venger de son passé.

Mais si Meredith avait été une mère exemplaire, c'était au détriment de ses rapports avec David Layton, le père de Jon. Fatigué et amer de se voir relégué à la deuxième place dans les préoccupations et l'affection de sa femme, il s'était détaché peu à peu de Meredith, jusqu'au divorce survenu au bout d'à peine quatre ans de mariage.

Alors, comme libéré de ses chaînes, le petit homme de loi besogneux était parti s'installer en Californie où, à la stupeur générale, il s'était lancé dans une fulgurante carrière d'avocat d'affaires, à la clientèle de stars et de milliardaires. Depuis, Meredith, Cat et Jon ne l'avaient pas revu et, au bout d'un an, n'avaient même plus reçu de ses nouvelles. Non que Cat et son frère en aient eu du chagrin. Jon avait toujours préféré sa mère et David Layton ne s'était jamais comporté en père et en beau-père digne de ce nom.

Pour Catherine, sa mère était sa meilleure amie. Non seulement Meredith l'avait comblée d'amour, mais elle l'avait encouragée à réaliser ses rêves, à accomplir ses ambitions. C'est grâce à son soutien que Catherine avait pu entreprendre sa carrière artistique. Meredith avait agi exactement de la même manière avec Jonathan. Toujours disponible, elle avait su le conseiller, le consoler de ses échecs, le féliciter de ses succès. Meredith avait été à la fois une mère et un père pour ses enfants. Aussi se réjouissaient-ils de sa rencontre avec Luc de Montboucher, qu'ils appréciaient sans réserve. Comme son frère, Cat redoutait que Meredith vieillisse dans la solitude et elle espérait la voir enfin vivre heureuse avec un homme digne d'elle.

Les perspectives semblaient enfin prometteuses. Luc était déjà venu plusieurs fois à New York, Meredith faisait pour ainsi dire la navette entre l'Amérique et Paris, tout cela présageait bien de l'avenir. Et puis, Meredith s'était décidée à mettre en vente son hôtel du Vermont, pour lequel plusieurs acheteurs potentiels s'étaient déjà présentés. Lorsque Catherine avait appris la nouvelle à Jonathan, celui-ci avait réagi avec un large sourire : « Je te l'avais bien dit, Cat ! M'man va se marier avec Luc et s'installer en France ou, du moins, y passer le plus clair de son temps. Tu paries ? »

Ce jour-là, Cat attendait Meredith qui partait

le soir même pour Londres. Après avoir réglé avec Patsy les affaires en cours, elle comptait séjourner à Paris près d'un mois. Tout en préparant le thé, Cat s'interrogeait avec inquiétude sur la santé de sa mère. Depuis quelques semaines, Meredith voyait une psychanalyste afin de découvrir la cause de ses étranges accès de fatigue. Le Dr Benson, avait-elle dit à sa fille au téléphone pendant le week-end, l'aidait à exhumer ses souvenirs d'enfance et pensait aboutir à un résultat. Catherine l'espérait de tout son cœur. Elle ne souhaitait rien tant que de voir sa mère retrouver enfin la paix de l'esprit et se réconcilier avec son passé. Meredith allait avoir quarante-cinq ans dans un mois, elle avait amplement mérité d'être heureuse sans arrière-pensées.

– Tout est ravissant depuis ma dernière visite, ma chérie, dit Meredith quand elle arriva une heure plus tard. J'aime beaucoup cette nouvelle lampe. Je ne connaissais pas non plus ce tableau. Tu es vraiment douée pour la décoration.

– Telle mère, telle fille ! répondit Catherine en riant.

– J'aurais mauvaise grâce à te contredire. En tout cas, je suis ravie de passer un moment avec toi avant de prendre l'avion, nous ne nous voyons plus guère, ces temps-ci. Nous pourrions peut-être en profiter pour parler de ton mariage. Avez-vous fixé une date, Keith et toi ?

– Oui, maman. Le deuxième samedi d'octobre, c'est-à-dire le 14. Les feuilles auront déjà changé de couleur mais il fera encore doux. Qu'en penses-tu?

– Ce sera parfait, ma chérie. Et maintenant, venons-en aux détails.

Durant une grande demi-heure, elles s'absorbèrent dans l'examen des croquis de la robe de mariée dessinée par Cat elle-même, de l'ordonnance de la cérémonie, de la liste des invités.

– Luc viendra, j'espère? demanda Cat.

– Sauf cas de force majeure, je compte sur lui.

– Keith et moi l'aimons beaucoup. Jon aussi, d'ailleurs.

– Je sais, ton frère n'en fait pas mystère.

– Dis, maman.

– Oui, ma chérie?

– Luc t'aime, je le sais. L'aimes-tu?

– Oui, Cat.

– Alors, que va-t-il se passer?

– Êtes-vous de mèche, Jon et toi?

– Pourquoi me demandes-tu ça?

– Il m'a posé exactement la même question après ta soirée de fiançailles. Et si tu veux une réponse, eh bien, non: je ne sais pas ce qui va se passer. L'amour est une chose, le mariage une autre. En ce qui me concerne, la décision n'est pas facile à prendre.

– Je sais, mais tu trouveras la solution. Vous êtes assez intelligents tous les deux pour vous débrouiller. Il est temps que je serve le thé, poursuivit-elle en se levant. J'ai fait plein de bonnes choses, comme tu nous en préparais quand nous étions petits, tu te rappelles?

Avec un sourire, Meredith suivit des yeux sa fille qui s'engouffrait dans la cuisine et pensa à son départ imminent. Elle retrouverait bientôt Luc. Son séjour en Angleterre ne durerait pas plus de quelques jours, le temps d'aller à Ripon avec Patsy. Les travaux de rafraîchissement de Skell Garth touchaient à leur fin, l'hôtel devait rouvrir en mai. Elle repartirait aussitôt pour Paris, car il y avait encore beaucoup à faire à Montfort-l'Amaury. Et puis, une fois là, elle pourrait passer tous ses week-ends au Clos avec Luc.

Que répondrait-elle s'il lui parlait mariage? Jon et Cat ne se posaient même pas la question. En réalité, la situation n'avait rien de simple. Elle vivait en Amérique, lui en France. Ils avaient, chacun de leur côté, des obligations à remplir, des responsabilités à assumer. Elle ne pouvait pas plus abandonner Havens Inc. que Luc délaisser son cabinet d'architecte. Comment concilier tout cela?

Cat l'appela du coin salle à manger:

– Le thé est prêt, maman! Je l'ai servi ici, ce sera plus simple.

– J'arrive, ma chérie, répondit-elle en se levant.

Les deux femmes s'assirent face à face. Cat versa le thé dans les tasses.

– Désolée, mon boulanger n'avait plus de scones.

– C'est gentil d'y avoir pensé, ma chérie, mais le reste a l'air délicieux – et moins grossissant.

– Tu es bien la dernière à devoir te soucier de ta ligne, maman ! Une seconde, je vais chercher quelque chose à la cuisine et je reviens tout de suite.

Cat reparut presque aussitôt. Un compotier dans une main, une jatte de crème dans l'autre, elle se tint devant sa mère, ses yeux bleus pleins d'une affectueuse gaieté.

– Une surprise pour toi, maman : des fraises à la crème !

Meredith se sentit soudain glacée.

Tout se figea en elle et autour d'elle. Un instant plus tard, elle entendit une voix, un appel lointain, à peine audible : *Mari. Mari. Rentre vite, ma chérie.*

Une scène lui apparut alors, indistincte d'abord, puis un peu plus nette. Une jeune femme aux yeux d'un bleu éclatant, à la chevelure d'un blond doré, presque roux, se penchait vers un enfant, une petite fille, et lui disait avec amour : *Une surprise pour toi, Mari. Des fraises à la crème.* L'enfant sourit. Puis la scène s'effaça et Meredith entendit l'enfant s'écrier en pleurant : *Maman ! Maman ! Tu es malade ?*

Paralysée, incapable de proférer un son, Meredith dévisageait Catherine, hypnotisée par ses yeux bleus. Les mêmes que ceux de la jeune femme.

– Qu'y a-t-il, maman ? Es-tu malade ? Tu es toute pâle.

Meredith s'ébroua, revint au présent.

214

– Rien de grave, ma chérie, au contraire. Je crois que je viens d'avoir ce que le Dr Benson qualifierait de *flash-back*. Mon premier.

– Un flash-back ? Que veux-tu dire ?

– Un souvenir refoulé qui remonte à la surface, sans doute un souvenir d'enfance. J'ai vu une jeune femme de ton âge, avec des yeux bleus comme les tiens, et une petite fille de cinq ou six ans. Elles paraissaient heureuses, puis la petite fille s'est mise à pleurer et tout s'est effacé. Je suis à peu près sûre, Cat, que cette jeune femme était ma mère, ma vraie mère. Et que la petite fille, c'était moi.

Cat se rassit en face de Meredith, qu'elle dévisagea avec émotion et curiosité.

– Extraordinaire ! Mais comment ce flash-back a-t-il pu se produire tout à coup ?

– Je crois que c'est toi qui l'as déclenché, ma chérie. La manière dont tu as dit : *une surprise pour toi, des fraises à la crème.* Et tes yeux, Cat. Si bleus, si pleins d'affection... Jack avait les yeux bleus, poursuivit-elle pensivement. J'ai toujours cru que tu avais hérité des yeux de ton père. Maintenant, je me demande s'ils ne te viennent pas plutôt de ma mère.

– Oh, maman, c'est merveilleux ! s'exclama Catherine en lui étreignant la main sur la table. Tu vas te souvenir de plus en plus de choses et finir par tout retrouver sur ton passé, j'en suis sûre !

– Je l'espère, ma chérie. Je devrais peut-être appeler le Dr Benson pour lui en parler. Il est à peine six heures, elle doit être encore à son cabinet.

– Oui, appelle-la tout de suite, approuva Cat.

Meredith décrocha le téléphone mural de la cuisine et composa le numéro. La secrétaire passa immédiatement la communication à la psychanalyste.

– Meredith ? Quelle bonne surprise ! dit Hilary Benson.

– Excellente, en effet. Avant de partir pour Londres tout à l'heure, je suis passée prendre le thé chez ma fille. Elle m'a dit quelque chose qui a déclenché un très ancien souvenir.

– Bonne nouvelle, en effet. Que vous êtes-vous rappelé ? Pouvez-vous me décrire ce souvenir ?

Meredith le lui relata sans omettre un détail.

– C'est une percée décisive, Meredith ! Un grand pas en avant, et ce n'est que le premier. Vous en ferez beaucoup d'autres dans les jours qui viennent, j'en suis persuadée. Essayez de vous concentrer sur les détails de cette scène, ils vous amèneront peut-être à en découvrir d'autres.

– Je l'espère, docteur Benson. Vous savez à quel point je tiens à éclaircir le mystère de mon passé.

– Vous y parviendrez, Meredith. N'hésitez pas à me rappeler d'Europe en cas de besoin. De toute façon, nous nous reverrons à votre retour.

Quand Meredith eut raccroché, elle résuma sa conversation à Cat, qui attendait avec impatience.

– Oh, maman, que je suis contente ! s'écria Catherine en la serrant dans ses bras. Je t'aime tant ! Je voudrais tant que tu sois enfin heureuse !

21

Patsy Canton écouta sans l'interrompre le récit de Meredith.

– En résumé, lui dit-elle quand il fut terminé, tu crois que tu es née en Angleterre et que tu es partie en Australie dans ton enfance.

– Exact. Je devais avoir environ six ans.

– Et tu y serais allée seule ? C'est impossible, voyons ! Tu étais sûrement avec tes parents.

– Non, je suis presque sûre d'avoir fait le voyage seule. Je suis même convaincue que ma mère était déjà morte.

– Et ton père ?

– Je n'en ai aucun souvenir.

– Mais enfin, pourquoi aller seule au bout du monde ? C'est plus que bizarre. Et qui t'aurait envoyée là-bas ?

– Je n'en ai aucune idée, Patsy, dit Meredith avec un haussement d'épaules fataliste. Pas la moindre.

– Il y a toujours des enfants, dans ton rêve. Serais-tu partie avec eux ? Tu sais, comme on évacuait des civils pendant la guerre pour les mettre à l'abri.

– Je sais, sauf qu'il n'y avait pas de guerre en 1957, quand j'avais six ans. Pourquoi, dans ces conditions, m'avoir exilée aussi loin ?

– Je n'en ai pas plus idée que toi, ma chérie. Je brûle d'envie de t'être utile, mais je ne vois pas comment.

Meredith laissa échapper un soupir et but une gorgée de vin. Les deux amies déjeunaient au restaurant du Claridge. Autour d'elles, le brouhaha des conversations garantissait le secret de leur entretien.

– Je n'ai pas pu fermer l'œil la nuit dernière en avion, reprit Meredith. J'ai passé le plus clair de mon temps à fouiller dans ma mémoire.

– Et qu'y as-tu retrouvé ?

– Il m'est revenu deux ou trois choses. Mon nom, d'abord. À l'orphelinat de Sydney, on m'appelait Mary Anderson. Ce sont les Stratton qui ont changé mon prénom en Meredith et, bien sûr, j'ai pris leur nom de famille quand ils m'ont adoptée. Mais je ne me suis jamais appelée réellement Mary Anderson. Mon vrai nom est Mari Sanderson.

– Comment a-t-on pu le changer ? s'étonna Patsy. Non, inutile de répondre, j'ai déjà compris : un imbécile de bureaucrate, n'est-ce pas ?

– Exactement. Je me suis souvenue, hier en avion, d'une femme odieuse qui me répétait que mon nom ne s'écrivait pas Mari avec un *i* mais Mary avec un *y*. J'avais beau lui dire que je m'appelais Marigold, elle se moquait de moi en disant que ce n'était pas un nom d'enfant mais un nom de fleur.

– À croire qu'on sélectionne les plus bêtes pour gérer ce genre d'institutions ! Quant à transformer Sanderson en Anderson, il n'y avait qu'un pas à franchir.

– Bien sûr. Et c'est sans doute cette confusion qui explique les étiquettes illisibles de mon rêve.

– Cela me paraît évident à moi aussi.

– Je me suis aussi rappelé que ma mère s'appelait Kate. Je suis sûr qu'elle est morte et que je ne pourrai jamais la revoir. Mais maintenant que je me souviens enfin d'elle, j'ai besoin au moins de retrouver sa trace, de voir sa tombe, d'y déposer des fleurs. Bref, tourner la page me ferait du bien, comprends-tu ? Et cela suffira peut-être à mettre fin à mes cauchemars et à mes accès d'épuisement. Le seul problème, c'est que j'ignore où elle est enterrée. J'ai retrouvé son nom, mais je n'ai aucun souvenir de l'endroit où nous vivions.

Patsy réfléchit quelques instants.

– Dans le Yorkshire, j'en mettrais ma tête à couper. Sinon, comment expliquer ce que tu as ressenti en visitant l'abbaye de Fountains ? J'y ai souvent repensé depuis que tu m'en as parlé. Tu n'as éprouvé des sensations aussi fortes que parce que tu y étais déjà allée dans ton enfance.

– C'est possible. Malgré tout, je ne crois pas avoir grandi dans cette région. Je me suis souvenue d'une ville où j'allais en autobus. Une ville très animée, une grande place avec des statues noires. Ma mère m'y emmenait au marché dans de grandes halles couvertes, sous un dôme de verre.

– Un grand marché où on vendait de tout dans des stands séparés ? Des fruits et légumes, de la viande, du poisson, du pain et des gâteaux, des vêtements et même des meubles ? Et des marchands qui invitent les clients à venir essayer ou goûter leur marchandise ? C'est bien cela, n'est-ce pas ?

– Mais oui, Patsy ! Ils étaient souvent très amusants, nous nous arrêtions pour les écouter.

– Eh bien, il s'agit des halles de Leeds, elles sont réputées. Et la grande place de Leeds est bordée de statues de nymphes en marbre noir qui tiennent des torchères. Au milieu, il y a aussi la statue équestre du Prince Noir. Cela te rappelle quelque chose ?

– Oui, je les revois maintenant ! Supposons donc que je sois originaire de Leeds. Comment retrouver la tombe de ma mère ? Qui se souviendrait d'elle quarante ans plus tard ?

– Le bureau central de l'état civil. Tout y est consigné pour l'ensemble de la Grande-Bretagne : naissances, décès, mariages. C'est une mine de renseignements.

– Et où se trouvent ces bureaux ?

– À Londres, à Kingsway. C'est à deux pas d'ici. Je t'y accompagne cet après-midi même !

Une heure plus tard, Patsy et Meredith franchirent les portes de St. Catherine's House, à Kingsway. Une hôtesse d'accueil leur expliqua le système de classement des registres annuels, divisés en trimestres et subdivisés par ordre alphabétique, qui s'alignaient sur les étagères. Elles se partagèrent la tâche et consultèrent chacune un trimestre de l'année 1957. Le nom de Katherine Sanderson ne figurait ni dans les deux premiers ni dans les deux suivants.

– Nous avons vu tout 1957, dit Patsy. Es-tu sûre que ta mère est morte cette année-là ?

– Je crois, oui.

– Mais comment peux-tu en être sûre, Meredith, quand tu en savais déjà si peu sur toi-même ? Te souviens-tu réellement de son décès ?

– Non. Tout ce dont je suis certaine, c'est d'avoir été envoyée à l'orphelinat quand j'avais six ans. Elle devait donc être morte à ce moment-là.

– Comment le sais-tu ?

– Merle Stratton, qui m'a adoptée quand j'avais huit ans, m'a dit que j'étais à l'orphelinat depuis deux ans et qu'ils ne m'avaient pas appris grand-chose pendant ce temps.

– Bon, admettons. Mais cela ne veut pas dire que ta mère soit morte cette année-là. Elle est peut-être décédée l'année d'avant, en 1956, quand tu n'avais que cinq ans.

– Je ne crois pas, mais essayons quand même.

Une demi-heure plus tard, elles avaient écumé l'année 1956 sans plus de résultat.

– C'est incompréhensible, dit Meredith, découragée. Sa mort n'est enregistrée nulle part.

– Veux-tu consulter d'autres années ?

– Non, c'est inutile. Je me suis sans doute

trompée sur la date, nous n'allons pas passer des heures à éplucher ces registres les uns après les autres. Allons-nous-en.

– Attends ! Serait-elle morte à l'étranger ?

– Ma mère n'a jamais voyagé de sa vie.

– Allons demander à l'hôtesse. On ne sait jamais.

– Si tu veux.

Patsy expliqua à la jeune femme qu'elles recherchaient en vain un certificat de décès. Serait-il absent des registres si le décès était survenu dans un autre pays ?

– Non, répondit la jeune femme. La chancellerie de nos représentations diplomatiques nous communique le certificat de décès de tout citoyen britannique mort à l'étranger.

– Mais alors ? commença Meredith.

– Si le nom d'une personne ne figure pas dans nos registres, l'interrompit l'hôtesse, cela veut dire qu'elle est en vie.

Pétrifiée, bouche bée, Meredith dévisagea l'employée. Patsy dut la prendre par le bras pour l'entraîner vers la sortie. Une fois la porte franchie, elles s'immobilisèrent sur le trottoir. Meredith tremblait.

Patsy avait déjà compris l'impact qu'avait sur elle une telle révélation :

– Je sais ce qui te passe par la tête, ma chérie.

– Si ma mère n'est pas morte, dit Meredith d'une voix à peine audible, elle vit donc quelque part en Angleterre. Mais alors, Patsy, pourquoi m'avoir chassée quand je n'étais encore qu'une toute petite fille ? Pourquoi, au nom du Ciel, m'avoir expédiée dans un orphelinat à l'autre bout du monde? Pourquoi, Patsy? Pourquoi?

Les larmes aux yeux, Meredith avait l'air si désemparée que son amie eut pour elle un élan de compassion.

– Je n'en sais rien, ma chérie, parvint-elle à répondre au bout d'un long silence. C'est absurde. Incompréhensible.

– Elle ne voulait plus de moi, voilà pourquoi!

Meredith sentit soudain ses jambes se dérober sous elle et dut s'appuyer au mur pour ne pas tomber. Patsy réfléchit rapidement. Elle devait tenter de lui redonner courage.

– Écoute, Meredith. Si ta mère vit encore, nous la retrouverons. Par tous les moyens. Et, pour commencer, nous allons rentrer ici chercher ton acte de naissance. Si tu es née en Angleterre et non en Australie, comme tu le crois, nous le retrouverons sans difficulté.

– Pourquoi? À quoi bon? En quoi mon acte de naissance m'aidera-t-il à rechercher ma mère?

– Un acte de naissance comporte beaucoup de renseignements précieux, Meredith : le nom des parents, leur adresse, la profession du père, le nom de jeune fille de la mère, etc. Nous aurons de quoi entreprendre des recherches. Et puis, je pense que cela te ferait plaisir d'avoir en main la preuve de qui tu es réellement. Non?

Meredith ne répondit pas. Et si elle ne retrouvait pas trace de sa naissance? Ce serait pire que tout. À force de persuasion, Patsy parvint à l'entraîner jusqu'aux étagères *ad hoc*. Un quart d'heure plus tard, Meredith découvrit qu'elle était effectivement venue au monde en Angleterre.

– Tu vois ? s'exclama Patsy. Je savais bien qu'on te retrouverait dans un de ces registres ! Il ne nous reste qu'à en demander une copie. Remplis vite ce formulaire.

Sans mot dire, Meredith prit son stylo et s'exécuta. L'employé du guichet l'informa que, pour la somme de vingt livres, sa requête serait traitée en urgence et la copie certifiée disponible sous vingt-quatre heures.

Le lendemain à la même heure, les deux amies allèrent prendre livraison du précieux document, qu'elles examinèrent avec soin dans le taxi qui les ramenait au Claridge.

Meredith apprit que sa mère était née Katherine Spence et que son père, Daniel Sanderson, exerçait la profession de comptable. Elle était venue au monde le 9 mai 1951, 3 Green Hill Road à Armley, près de Leeds. Ses parents étaient domiciliés à Hawthorne Cottage ; Beck Lane, Armley. Elle avait été enregistrée sous le nom de Marigold Sanderson.

Patsy sourit en lui serrant affectueusement le bras.

– Tu en sais maintenant davantage sur toi-même.

– Plus que je n'en ai jamais su, Patsy. Je n'avais aucun sens de mon identité, vois-tu. Il est effrayant de ne pas savoir qui on est ni d'où on vient. C'est comme si on n'existait pas. J'ai dû m'inventer une identité.

– Tu vois que ce n'était pas inutile de retrouver ton acte de naissance.

– C'est vrai. Ce papier valide mon existence réelle, en un sens. Au moins, ajouta-t-elle avec un sourire forcé, j'ai toujours célébré mon anniversaire à la bonne date. La harpie de l'orphelinat n'a pas commis d'erreur là-dessus.

– Et maintenant, tu vas à Leeds, bien sûr ?

– Dès demain, Patsy. Nous devions être à Ripon dimanche, je prendrai simplement vingt-quatre heures d'avance.

– Je te conduirai.

– Mais non...

– Pas de mais ! D'abord, tu auras besoin de moi pour te guider. Je connais Leeds et le Yorkshire comme ma poche. Et puis, tu devrais savoir que je ne te laisserais tomber pour rien au monde dans un cas pareil, Meredith. Tu pars à la recherche de ta mère perdue de vue depuis quarante ans, Dieu sait ce que tu risques de découvrir. Tu ne te dispenseras certainement pas de ma compagnie !

– Merci, Patsy. Merci du fond du cœur.

– N'en parlons plus ! Nous prendrons la route demain matin aux aurores. L'autoroute sera dégagée, il ne nous faudra pas plus de deux heures et demie, trois heures pour arriver à Leeds. Si tu veux mon avis, nous ferons notre premier arrêt à Armley, à Hawthorne Cottage.

– Tu connais cet endroit ?

– Oui, si curieux que cela puisse paraître. Un de mes oncles, propriétaire d'une usine textile, habitait Farnley, juste à côté. J'y allais souvent avec mes parents et nous passions par Armley. Te souviens-tu de ce cottage ?

– Très vaguement. Il était près d'une rivière, il y avait beaucoup d'oiseaux, des canards, je crois.

– Plus nous en parlerons, plus les souvenirs te reviendront. N'est-ce pas ce que te disait ta psy ?

– En effet.

Leur taxi s'arrêta devant le Claridge. Quand les deux amies en descendirent, Patsy prit Meredith par le bras.

– Et maintenant, nous allons célébrer cela au champagne !

– Célébrer quoi ?

Patsy éclata de rire.

– Je t'ai toujours dit que je ferais de toi une *Yorkshirewoman* pure laine ! Je n'ai même plus besoin d'essayer, tu l'es de naissance. Cela mérite un toast, non ?

Le téléphone sonnait au moment où Meredith ouvrait la porte de sa suite. Elle courut décrocher.

– Comment vas-tu, ma chérie ? fit la voix de Luc.

– Oh, mon chéri ! J'allais justement t'appeler ! Devine ce qui s'est passé : je viens de découvrir que ma mère est toujours en vie.

– Grands dieux ! Comment as-tu fait ?

Meredith lui raconta en détail ses démarches de la veille au bureau central de l'état civil.

– Nous partons pour le Yorkshire demain matin au lieu de dimanche comme prévu, conclut-elle. J'ai hâte de commencer mes recherches.

– Veux-tu que je saute dans un avion pour venir te rejoindre ?

– Non, mon chéri, inutile de te déranger. Je serais heureuse de te revoir un peu plus tôt que prévu, mais Patsy m'aidera. Elle connaît le Yorkshire comme sa poche.

– Tu auras surtout besoin d'être tranquille pour te concentrer, je te comprends. Mais je penserai sans arrêt à toi. Appelle-moi demain, mon amour. Ou même avant si tu apprends du nouveau. Et n'oublie pas que je t'aime.

22

Parties de très bonne heure le samedi matin, elles arrivèrent dans la banlieue de Leeds en un temps record. Patsy contourna le centre-ville encombré et bifurqua vers la banlieue d'Armley où, après s'être informée deux ou trois fois, elle ne tarda pas à trouver Beck Lane.

– Reconnais-tu quelque chose ? demanda-t-elle à Meredith en s'engageant dans le chemin.

– Non. Tout paraît si étriqué, si ordinaire. Mais il est vrai qu'un enfant voit les choses différemment.

– Bien sûr. Dis-moi, nous sommes presque au bout et j'ai l'impression que le chemin se termine en impasse.

Meredith scrutait le paysage avec attention.

– Je ne comprends pas. Nous devrions voir de l'eau.

– Nous y arriverons. En regardant hier soir le plan de Leeds et des environs, j'ai remarqué que, tout près d'ici, le cours de l'Aire est parallèle au canal de Leeds à Liverpool.

Un mur de brique à demi écroulé marquait la fin du chemin. Des champs cultivés s'étendaient au-delà. Patsy stoppa la voiture, coupa le contact.

– Explorons les lieux, déclara-t-elle.

Les deux amies mirent pied à terre. L'endroit était désert, sans une maison ni un bâtiment. Elles découvrirent à quelques pas derrière elles une barrière rouillée dans une vieille clôture de bois.

– Je ne l'avais pas vue quand nous sommes passées devant il y a un instant, dit Meredith. Allons voir, elle doit mener quelque part.

La barrière entrouverte pendait sur ses gonds. Meredith la poussa et découvrit un sentier envahi d'herbes folles. Il aboutissait à une maison écroulée, dont il ne subsistait qu'un tas de gravats et de madriers.

228

– Serait-ce ce qui reste du cottage ? demanda Patsy.

– C'est possible.

Meredith fut soudain découragée. Pendant le trajet, elle s'était presque forcée à croire que Hawthorne Cottage serait encore debout et que sa mère habitait toujours là. Cette illusion s'envolait. Suis-je sotte, se dit-elle, de m'attendre à ce que rien n'ait changé en quarante ans.

Arrivée devant la ruine, Meredith se retourna. De là, on voyait en effet scintiller sous le pâle soleil printanier les eaux de l'Aire et, juste au-delà, celles du canal.

– Comment se fait-il que je ne me sois jamais rendu compte, quand j'étais petite, qu'on voyait les deux cours d'eau d'ici ? s'étonna-t-elle à haute voix.

– Parce que tu étais trop petite pour voir aussi loin, ma chérie, répondit Patsy. Ou alors, tu l'as oublié.

– Tu as sans doute raison.

Meredith continuait à contempler pensivement la rivière en s'efforçant de remonter le temps, de se concentrer sur ces lointains souvenirs, comme le lui avait recommandé Hilary Benson. Alors, elle revit une pelouse au gazon bien tondu, des massifs de fleurs, une barrière blanche dans un vieux mur couvert de rosiers grimpants.

Aussi vite que le lui permettait la végétation, elle traversa le jardinet en direction de la rivière et découvrit, dissimulés sous des ronces, les vestiges du mur et de la barrière blanche. Il n'en subsistait qu'un tas de briques, mais les rosiers avaient résisté au temps. L'été venu, ils se couvraient sans doute de fleurs.

Meredith sentit son cœur battre plus vite : oui, elle reconnaissait ces lieux, jadis si familiers. Le gros rocher était toujours là. Elle revit la petite fille qui y passait des heures assise, en rêvant devant l'eau qui courait et les oiseaux qui jouaient. Ce gros rocher perché sur la rive lui offrait une vision du monde. La sienne.

Elle alla s'y asseoir. À travers les larmes qui lui embuaient les yeux, elle revit l'eau clapoter sur les galets. Il n'y avait pas d'oiseaux, ce jour-là. Pas de canards qui se poursuivaient en caquetant. Mais les souvenirs affluaient, maintenant. Sa mère, avec ses boucles d'or et ses yeux d'un bleu surnaturel, éblouissant. Sa mère, qui aimait tant la petite fille assise sur le gros rocher. Pourquoi, alors, l'avoir envoyée si loin ? Pourquoi ? Seule Kate Sanderson détenait la réponse à cette question. Seule Kate Sanderson pourrait la lui donner – si Patsy et Meredith parvenaient à la retrouver, ce qui semblait de plus en plus improbable.

Le chagrin revint tout à coup l'étreindre, la douleur qui n'avait cessé d'assombrir son enfance. Elle entendit l'appel désespéré de la petite fille : *Maman ! Où es-tu ?* et son cœur se serra. Combien elle en avait rêvé, du visage de cette mère évanouie ! Combien elle y avait aspiré, au doux contact de ces bras, à la chaleur de cet amour maternel, au son de cette voix apaisante, au réconfort de cette présence ! À la tendresse de cette mère qu'elle n'avait jamais cessé d'aimer. La sienne. Kate Sanderson.

Une voix douce, inquiète, résonna derrière elle. Celle de Patsy. Au prix d'un effort, Meredith ravala ses larmes.

– Te sens-tu bien, ma chérie ?

La gorge nouée, douloureuse, Meredith ne put répondre. Elle se releva, s'essuya les yeux du bout des doigts.

– Je ne comprends pas qu'elle ait pu me faire cela, parvint-elle à dire enfin. Il y a un moment encore, je croyais que nous ne la retrouverions jamais. Maintenant, je sais qu'il le faut, à tout prix. Ne serait-ce que pour lui poser cette seule question : pourquoi ?

Étreinte par l'émotion, Patsy garda le silence.

– Vois-tu, Patsy, reprit Meredith, ma mère m'aimait, je le sais. Elle m'aimait au moins autant que j'aime Cat et Jon. C'est pourquoi je cherche désespérément une explication à ce qu'elle a fait en se séparant de moi. Mais j'ai beau chercher, je ne trouve rien. Aucune raison. Pour moi, c'est un mystère inexplicable.

D'un bras, Patsy prit Meredith aux épaules et la serra contre elle.

– Nous la retrouverons, je te le promets.

À pas lents, elles sortirent du jardinet retombé à l'état sauvage.

– Crois-tu que cette ruine soit celle du cottage ? redemanda Patsy lorsqu'elles la dépassèrent.

Meredith s'arrêta un instant. À la place du

tas de gravats, elle revit le cottage tel qu'il était quarante ans plus tôt, les fenêtres aux vitres étincelantes, les rideaux empesés de frais, les casseroles de cuivre dans la cuisine. Elle revit sa petite chambre, l'édredon à fleurs roses. Et elle entendit la voix mélodieuse qui récitait un poème :

> *Le magicien dans sa boutique*
> *Vend des cadeaux magiques.*

La voix s'évanouit, la vision s'effaça.

– Oui, Patsy, c'est bien Hawthorne Cottage. Ou, du moins, ce qu'il en reste.

– Voilà le 3 Green Hill Road, annonça Patsy.

Elle s'arrêta devant un vaste bâtiment victorien, qui dressait sa façade austère derrière des grilles.

– C'est là que tu es née, Meredith. Pendant des années, ça a été une maternité. Je me rappelle y être venue avec ma tante voir ma cousine Jane qui avait accouché de son premier enfant.

Meredith examina le bâtiment avec curiosité.

– Qu'est-il devenu, maintenant ?

– Un hôpital ou une maison de retraite, je ne sais pas au juste. Veux-tu descendre de voiture pour le voir de près ?

– Non, l'extérieur me suffit. Je me demande, cependant, où j'ai été baptisée.

232

– Sans doute à l'église d'Armley, le Christ-Roi. Veux-tu que je t'y emmène ?

– Inutile, elle ne me rappellerait rien. Merci quand même, ma chérie.

– Et les halles de Leeds ? Elles déclencheraient peut-être d'autres souvenirs. Elles ont été détruites par un incendie, mais reconstruites à l'identique dans les années soixante-dix. Rien n'y a donc changé depuis ton enfance.

– Je ne crois pas que cela vaille la peine, Patsy. Il est tard, partons pour Ripon. Nous avons des tas de choses à voir avec les Miller. Au fait, je suis enchantée d'apprendre qu'ils veulent bien rester pour diriger l'hôtel.

– Moi aussi. Tu ne m'en veux pas d'avoir attendu pour te faire la surprise ?

– Pas le moins du monde, voyons ! Nous n'aurons pas à chercher une nouvelle équipe et ils ont déjà fait le plus gros du travail de sélection du nouveau chef. Un bon chef est toujours difficile à recruter. Ils en ont retenu trois, je crois ?

– Oui, un homme et deux femmes. Ils se surpasseront pour faire bonne impression. Nous allons festoyer comme des princesses, cette semaine !

– Malheureuse, et ma ligne ? s'écria Meredith en riant. Pourrons-nous ouvrir en mai comme convenu ? poursuivit-elle. Tu ne prévois pas de problèmes ?

– À part le choix final du chef, aucun. Au fait, quand comptes-tu partir pour Paris ?

– J'espérais prendre l'avion mercredi, mais

je n'en suis plus si sûre. Agnès et moi avions un rendez-vous de chantier jeudi à Montfort-l'Amaury et je comptais passer le week-end chez Luc. Maintenant que nous sommes lancées à la recherche de ma mère, cela risque de me retarder.

– Nous verrons bien, décréta Patsy. À chaque jour suffit sa peine, comme dit le proverbe.

Cet après-midi-là, après un délicieux déjeuner préparé par le candidat chef Lloyd Bricken, Meredith et Patsy firent un tour complet de l'hôtel. Elles prirent chacune des notes abondantes et s'installèrent ensuite dans un coin de la salle à manger déserte afin de les comparer. Quelques aménagements devaient être complétés, il manquait encore certaines fournitures dont il faudrait passer commande sans tarder mais, dans l'ensemble, le tableau se présentait de manière satisfaisante.

Moins d'une heure plus tard, Meredith se leva.

– J'ai encore le temps de faire cette promenade à l'abbaye avant la nuit, annonça-t-elle.

– Tu ne veux pas que je te conduise ? Tu es sûre ? insista Patsy.

– Non merci, ma chérie. J'ai besoin d'exercice, le grand air me fera du bien. À tout à l'heure.

C'était un bel après-midi d'avril, la température était presque douce sous un ciel bleu pâle parsemé de petits nuages blancs. Partout où se posait son regard, Meredith voyait que le printemps était arrivé. Les arbres se couvraient de bourgeons, l'herbe poussait dru, on voyait çà et là des fleurs sauvages pointer sous les haies. Quand elle s'engagea dans l'allée de tilleuls menant à l'église de Studley, elle ne put retenir un cri d'admiration : au bord de la route, sous les arbres, dans les prés, par centaines, par milliers, les jonquilles déroulaient leur tapis d'or.

Meredith se remémora alors le poème de Wordsworth que Patsy avait récité en janvier et elle comprit pourquoi les derniers vers lui avaient paru si familiers :

Et je sens mon cœur débordant de bonheur
Danser au rythme des jonquilles.

Sa mère lui avait appris ce poème et il était resté tout ce temps enfoui au fond de sa mémoire.

Elle pouvait maintenant penser à Kate Sanderson avec un peu plus de sérénité. Si elle restait bouleversée de savoir sa mère en vie, si l'apparent abandon dont elle avait été victime continuait à la troubler, le choc initial s'était toutefois amorti. Plus que jamais résolue à faire aboutir ses recherches, elle se connaissait assez pour savoir qu'elle ne pourrait continuer à mener une vie normale en nourrissant des soupçons sur sa mère. Pour la paix de son esprit, elle devait en avoir le cœur net.

Arrivée en haut de la colline, elle s'arrêta un instant pour admirer les ruines – et éprouva, avec autant de force qu'en janvier, l'impression que l'abbaye l'appelait, l'attirait comme un aimant. Comme un aimant, se répéta-t-elle en dévalant le sentier aussi vite qu'elle en était capable.

La sombre beauté des ruines, qui se détachaient sur le bleu tendre du ciel d'avril, la frappa plus encore que lorsqu'elles se découpaient sur la neige, lors de sa première visite. La verdure alentour adoucissait la dureté des pierres. Le murmure des eaux de la Skell, qui coulaient à leur pied, ajoutait au tableau une touche bucolique.

Assise sur un pan de mur, Meredith se projeta à nouveau en arrière et s'efforça de se voir dans ces ruines avec Kate Sanderson. Au bout d'une demi-heure, cependant, aucun souvenir du lieu ne lui revint. Sa mémoire semblait vide de toute trace et, pourtant, elle était sûre d'être déjà venue à l'abbaye de Fountains. Elle sentait avec force qu'il s'y était produit un événement crucial, dramatique. Mais lequel ? Elle avait beau chercher, elle ne retrouvait rien.

Une fois encore, Meredith devait conclure que sa mère détenait seule les réponses à ses interrogations.

Meredith avait toujours usé du travail comme d'un remède contre le chagrin et l'inquiétude. Elle s'y jeta à corps perdu pendant le week-end afin d'oublier, au moins temporairement, ce qui lui assombrissait l'esprit.

Elle réquisitionna Patsy, les Miller et trois

employés de l'hôtel pour déplacer les meubles jusqu'à ce que chacun occupe sa place exacte, afin que règne dans chaque chambre et dans chaque pièce l'atmosphère de luxe discret et de confort douillet qu'elle souhaitait y créer. Puis, une fois terminée la valse des lits et des fauteuils, des commodes et des canapés, elle s'attaqua aux lampes, aux tableaux et aux moindres accessoires.

Ce déploiement d'énergie laissait les Miller pantois.

– Quand je l'ai vue tomber la veste, retrousser ses manches et mettre elle-même la main à la pâte, confia Bill à Patsy le dimanche soir, je n'en croyais pas mes yeux !

– Je n'ai jamais vu personne travailler à un tel rythme, renchérit Claudia. C'est une véritable tornade. Elle n'arrête pas !

– Je sais, répondit Patsy. Je connais Meredith depuis des années, mais elle ne cesse de m'étonner. En tout cas, elle a du talent pour la décoration.

– C'est vrai, la maison n'a jamais eu meilleure allure, approuva Claudia. Vous ne nous en voulez pas, au moins, à Bill et à moi de ne pas en avoir pris l'initiative ?

– Non, pas du tout. Mais veillez désormais à respecter nos instructions à la lettre, cela nous évitera à tous des soucis inutiles. Demain, nous déballerons les fournitures que je vous ai expédiées de Londres la semaine dernière. Meredith pense avoir fini avant le déjeuner.

– Vous verrez les chefs demain, n'est-ce pas ? Lundi est la dernière limite.

– Bien entendu. Au fait, j'ai beaucoup apprécié le déjeuner préparé par Mme Morgan.

– C'est encore elle qui préparera le dîner de ce soir.

– Pourquoi ? Je croyais que ce serait Mme Jones.

– Non, elle s'est brûlé la main hier soir et elle a déclaré forfait pour aujourd'hui.

– Dommage. Avez-vous un préféré parmi les trois candidats, Claudia ?

– Oui, Mme Morgan. Je la crois la plus douée des trois et elle a meilleur caractère que Lloyd.

– Et Mme Jones ?

– Elle est bonne cuisinière, mais je ne crois pas qu'elle convienne au style de la maison. Si vous voulez mon avis, Mme Morgan serait de loin la meilleure.

Mme Morgan était une quinquagénaire replète aux joues rouges et au sourire plein de bonne humeur. Meredith apprécia son heureux caractère et se sentit aussitôt à son aise avec elle. Patsy semblait partager son opinion.

– Selon Claudia Miller, vous êtes habituée à cuisiner pour de nombreux couverts, madame Morgan, commença Meredith.

– Bien sûr. J'étais chef dans un hôtel en Écosse, une vieille maison comme celle-ci mais encore plus vaste et nous avions au restaurant beaucoup de clientèle locale. Les nombres ne me font pas peur, madame Stratton. Naturellement, j'avais une brigade sous mes ordres.

– Vous en aurez une ici, cela va sans dire, intervint Patsy.

– Vous avez d'excellentes références, enchaîna Meredith. Et nous avons beaucoup apprécié votre cuisine.

– Merci, madame Stratton. Et appelez-moi Eunice, je préfère. C'est moins intimidant.

Meredith marqua une pause.

– Je n'ai connu qu'une seule autre Eunice, dit-elle enfin. Ma baby-sitter quand j'étais toute petite.

– Quelle coïncidence ! s'exclama Eunice en riant. Vous avez été gardée en Amérique par une Eunice et moi, quand j'étais jeune, je gardais une petite fille dans le Yorkshire.

Meredith la dévisagea avec intensité.

– Où cela, au juste ?

– À Armley près de Leeds, dont je suis originaire. Mon mari est de Ripon et il me harcèle depuis des années pour que nous nous installions dans son pays natal.

– Vous rappelez-vous qui vous gardiez, Eunice ?

– Oui, une adorable petite fille. Elle s'appelait Marigold, mais on disait toujours Mari.

– Et vous souvenez-vous de son nom de famille ?

– Bien sûr, Sanderson… Mais qu'est-ce qui ne va pas, madame Stratton ? Vous êtes toute pâle, tout d'un coup.

– La petite fille, c'est moi. Je suis Mari Sanderson.

Bouche bée de stupeur, Eunice la dévisagea.

– Pas possible! s'exclama-t-elle enfin. Vous plaisantez ou quoi? Vous, la petite Mari?

– Oui, Eunice, c'est bien moi.

– Ça alors! dit Eunice en éclatant de rire. Vous me voyez en chef de cuisine, Mari? Vous vous rappelez comment je faisais toujours brûler votre déjeuner? Votre pauvre mère, je la rendais folle avec mes bêtises!

– Justement, Eunice, dit Meredith avec gravité, j'aimerais que nous parlions d'elle.

23

– J'ai été séparée très jeune de ma mère, commença Meredith. J'ignore comment et pourquoi.

– Elle était malade, répondit Eunice. À l'hôpital. Ça, j'en suis sûre.

– Qui s'occupait de moi, pendant ce temps? Eunice réfléchit un long moment.

– Franchement, je n'en sais trop rien. Je pensais, à l'époque, que vous aviez été recueillie par des parents.

– Des parents? En dehors de ma mère, Eunice, je ne me souviens pas d'avoir eu de famille. Je n'ai jamais connu que nous deux.

– C'est vrai. Mais alors, qu'est-ce qui vous est arrivé ? demanda-t-elle en hésitant.

– Je ne sais pas, sauf que j'ai vécu ensuite à l'étranger.

– Quand avez-vous vu Mme Sanderson pour la dernière fois, Eunice ? intervint Patsy. Vous en souvenez-vous ?

– Attendez, laissez-moi réfléchir. Ça devait être l'été où elle est tombée malade. Oui, c'est ça, l'été 1956. En arrivant au cottage un matin, je n'ai trouvé personne et je suis rentrée chez moi. Et puis, quelques jours après, j'ai rencontré le constable O'Shea, qui habitait pas loin de chez nous. Il m'a dit que Mme Sanderson était à l'hôpital. Et quand je lui ai demandé où était la petite Mari, il m'a répondu que je n'avais pas de souci à me faire et qu'elle était bien soignée. Quelques semaines plus tard, ma mère a trouvé une maison à Wortley et nous avons quitté Armley.

Meredith écoutait avec attention.

– Le nom du constable O'Shea me dit quelque chose, mais je n'arrive pas à retrouver quoi exactement.

– Il vous aimait pourtant beaucoup, Mari. Sa guérite était au coin de Canal Road. Vous l'avez vraiment oublié ?

– Oui.

– Le constable saurait peut-être ce qui t'est arrivé quand ta mère a été emmenée à l'hôpital, dit Patsy.

– C'est possible. Savez-vous s'il habite toujours Armley, Eunice ?

– Alors ça. Je ne l'ai pas revu depuis une éternité. Et puis, il doit être à la retraite. Il avait dans les trente ans à l'époque, ça doit lui faire entre soixante-cinq et soixante-dix aujourd'hui. Attendez, laissez-moi réfléchir. Quels voisins habiteraient encore le quartier ?

– Je vais chercher l'annuaire de Leeds, dit Patsy en se levant. Je reviens tout de suite.

Une fois seules, Eunice et Meredith se dévisagèrent longuement sans mot dire.

– Vous êtes devenue une bien belle femme, Mari, dit enfin Eunice. Et vous avez fait votre chemin dans le monde : vivre en Amérique, posséder tous ces hôtels.

Meredith esquissa un sourire sans répondre. Elle fouillait elle aussi sa mémoire, tentait de ranimer ses souvenirs du constable O'Shea. En vain. Elle ne parvenait même pas à revoir son visage.

– Vous êtes mariée ? reprit Eunice.

– Divorcée. J'ai deux enfants. Et vous, Eunice ?

– Deux comme vous. Un garçon, Malcolm, et une fille, Dawn. Tous les deux mariés. Ils m'ont donné cinq petits-enfants. Et les vôtres ?

– Ma fille est fiancée. Mon fils n'a que vingt et un ans, il fait encore des études.

Patsy revint avec l'annuaire du téléphone. Elle le posa sur la table devant Eunice et s'assit à côté d'elle.

– Voyons les O'Shea qui habitent Armley, il ne doit pas y en avoir beaucoup. Vous souvenez-vous du prénom du constable ?

– Peter. Non. Patrick. Oui, c'est ça. Patrick O'Shea.

Patsy suivit du doigt la liste des O'Shea.

– Je n'en vois que deux à Armley et un à Bramley avec l'initiale P. Autant leur téléphoner à tous les trois.

Pendant que Patsy s'installait au téléphone munie de l'annuaire, Meredith se leva et alla se poster devant la fenêtre afin de mieux se concentrer. Un instant plus tard, elle se retourna vers Eunice.

– Avez-vous revu ma mère au cours des années suivantes ?

– Non. Mais alors... vous voulez dire que... qu'elle n'est pas morte ?

– Non, Eunice. C'est pourquoi nous la recherchons.

– Ah, ça alors !

Patsy revint à ce moment-là, l'annuaire sous le bras.

– Je l'ai retrouvé ! s'écria-t-elle avec un large sourire. Il habite maintenant près de l'hôpital St. Mary. Je ne lui ai pas parlé en personne parce qu'il était sorti, mais j'ai eu sa femme. C'est bien lui. Il est retraité de la police et Mme O'Shea se souvient vaguement de Mari et de sa mère. Il sera chez lui vers deux heures, nous pourrons y aller.

Assise en face de Patrick O'Shea dans le living de sa petite maison, Meredith avait beau le dévisager, elle ne le reconnaissait pas – peut-être parce qu'elle l'avait trop soigneusement effacé de sa mémoire. C'était un homme grand et bien bâti, avec des cheveux gris et un sourire amical.

– Vous étiez la plus mignonne des petites filles, Marigold – un joli nom, je l'ai toujours pensé. Bref, quand vous êtes venue me chercher ce matin-là, vous pleuriez à chaudes larmes parce que vous croyiez que votre maman était morte.

– Elle ne l'était pas, n'est-ce pas ?

– Non, mais elle n'allait pas fort, la pauvre. Je vous ai ramenée chez vous dans mes bras pour aller plus vite et nous avons trouvé votre mère assise sur une chaise dans la cuisine, blanche comme un linge. Elle m'a dit qu'elle s'était évanouie juste après s'être levée. J'avais déjà appelé une ambulance, qui est arrivée un quart d'heure après pour l'emmener au grand hôpital de Leeds.

– Et moi, que suis-je devenue ?

– Avant que la porte de l'ambulance se referme, elle m'a dit : « Veillez sur ma petite Mari, monsieur O'Shea. » Alors, j'en ai parlé à mon sergent et nous avons décidé que la meilleure chose à faire serait de vous confier au foyer pour enfants du Dr Barnardo, à Leeds, jusqu'à ce que votre mère soit guérie.

– Que s'est-il passé ensuite, à sa sortie de l'hôpital ?

– Vous êtes retournée vivre avec elle au cottage, je m'en souviens bien. Mais, pour elle, les choses allaient mal. Elle se débattait comme elle pouvait, elle cherchait du travail et n'en trouvait pas.

– Qu'était devenu mon père ?

– Je n'en sais trop rien. Kate m'a dit une fois qu'il l'avait quittée pour partir au Canada et qu'il n'était jamais revenu, je n'en sais pas plus.

– Je n'ai aucun souvenir de lui. J'étais sans doute très jeune quand il est parti.

– Sûrement, oui.

– Pensez-vous que ma mère soit de nouveau tombée malade, monsieur O'Shea ?

– Oui, hélas ! Elle a rechuté et on a dû la ramener à l'hôpital. Voyons, ce devait être en 1957, si mes souvenirs sont bons.

– Et j'aurais été de nouveau confiée à ce foyer pour enfants, à votre avis ?

– Je n'en suis pas sûr, mais c'est probable puisqu'il n'y avait personne pour s'occuper de vous. Après, j'ai perdu votre mère de vue, une autre famille a emménagé au cottage et je n'ai jamais su au juste ce que vous étiez devenues, elle et vous, Mari. J'ai quand même entendu dire quelques années plus tard qu'elle travaillait à Leeds.

– Savez-vous où, au juste ?

– Attendez, laissez-moi réfléchir. Un magasin de mode de Commercial Street. Une boutique huppée. Paris-Modes, je crois, ou quelque chose d'approchant.

– Elle existe toujours ?

– Il me semble, oui.

– Comme je vous le disais, monsieur O'Shea, j'ai été envoyée à l'étranger après avoir été séparée de ma mère. Je la croyais morte, mais j'ai découvert récemment qu'elle vit encore. Je veux la retrouver à tout prix.

– Alors, quelqu'un dans cette boutique se souviendra peut-être d'elle et vous donnera des renseignements.

– C'est un brave homme, dit Patsy lorsqu'elles remontèrent en voiture. Tu ne te souviens vraiment pas de lui ?

– Eh, non ! soupira Meredith. J'ai sans doute trop bien réussi à effacer de ma mémoire tout ce qui se rapporte à ces pénibles moments. Je n'ai que des bribes de souvenirs, comme certains amnésiques. Rien de plus.

– Allons, ne t'inquiète pas. Nous découvrirons sûrement un début de piste à cette boutique de mode.

– Je n'en suis pas aussi sûre que toi. Franchement, Patsy, j'ai l'impression de tourner en rond. Tout cela se passait il y a près de quarante ans et ma mère ne travaille certainement plus dans ce magasin. Personne ne se souviendra d'elle au bout de tout ce temps.

– Qu'en sais-tu ? Allons-y, cela ne coûte rien. Il se peut très bien que quelqu'un ait connu Kate Sanderson.

– Soit. Mais il se peut aussi que ma mère ne vive même plus dans la région. Elle aurait pu déménager il y a des années, s'installer Dieu sait où.

– Je sais, ma chérie, mais je crois quand même

que tu as tort. Mon intuition me dit que ta mère n'est pas loin. Nous la retrouverons, tu verras.

Meredith ne répondit pas. Voyant son expression assombrie, Patsy préféra ne pas insister.

– Le stationnement n'est pas facile à Leeds, dit-elle quelques instants plus tard. Le mieux serait de chercher une place du côté de la gare et de finir à pied, Commercial Street n'est qu'à quelques minutes.

– Comme tu voudras. De toute façon, je n'ai aucun souvenir de cette rue.

Pourtant, elles y étaient à peine engagées lorsque Meredith s'arrêta tout à coup et prit le bras de Patsy.

– Marks & Spencer est juste à côté, je m'en souviens maintenant. Ma mère y faisait souvent ses courses.

Meredith s'interrompit, ferma un instant les yeux et se revit marcher dans la rue en tenant la main de sa mère.

– Quand on venait ici, elle m'achetait presque toujours un cornet de glace. Une fois, j'ai buté contre un pavé, j'ai laissé tomber ma glace et je me suis mise à pleurer. Je me rappelle maintenant qu'elle m'a consolée et m'a donné son propre cornet de glace.

– Tu vois ! s'exclama Patsy. Plus tu y penses, plus les souvenirs te reviennent. Ah ! Voilà Paris-Modes.

Elles poussèrent la porte d'une élégante boutique. À leur entrée, une vendeuse se précipita à leur rencontre et offrit de leur présenter les dernières collections.

– Vous avez de belles toilettes, répondit Patsy, mais nous ne sommes pas venues pour acheter. Nous voudrions seulement voir le directeur ou la directrice.

La vendeuse dissimula sa déception par un sourire.

– Je vais chercher la gérante, Mme Cohen. Si vous voulez bien attendre un instant.

Une minute plus tard, une femme d'une cinquantaine d'années habillée, coiffée et maquillée à la toute dernière mode apparut.

– Que puis-je faire pour vous, mesdames? demanda-t-elle une fois les présentations effectuées.

– Je recherche une personne qui a travaillé ici, répondit Meredith. Mais c'était il y a très longtemps et je crains que vous ne l'ayez pas connue.

– De qui s'agit-il? s'enquit Mme Cohen.

– De ma mère. Elle s'appelait Kate Sanderson et a été employée dans ce magasin vers la fin des années cinquante.

Meredith lui fit un bref résumé de leur séparation et lui expliqua son désir de retrouver sa trace.

– Il se trouve, madame Stratton, que je me souviens de Kate Sanderson qui travaillait ici du temps de ma mère. Je faisais mes études à l'époque mais j'ai connu Kate, une femme charmante. Ma mère l'aimait beaucoup et a infiniment regretté qu'elle l'ait quittée.

– Quand est-elle partie?

– Ce devait être vers le milieu ou la fin des

années soixante, si je ne me trompe. Mais ne restons pas debout au milieu de la boutique, entrez donc dans mon bureau.

— Comme je vous le disais, reprit la gérante après qu'elles se furent assises, ma mère avait pris Kate sous son aile et elles sont restées en contact après son départ.

— Savez-vous où elle est allée ?

— Dans sa ville natale, Harrogate, où elle avait trouvé un emploi. Ma mère m'a dit une fois que Kate n'avait eu que des malheurs à Leeds – elle la surnommait même son « oiseau blessé », bien que je n'aie jamais su pourquoi. Je m'étais mariée jeune, j'avais un enfant et je ne travaillais pas au magasin à cette époque. Personnellement, je connaissais assez peu Kate, mais je sais qu'elle a laissé une impression durable sur ma mère. Tous ceux qui l'approchaient n'en disaient que du bien.

— Vous ne savez donc pas ce qu'elle est devenue après son départ pour Harrogate ? demanda Meredith.

— La dernière fois que ma mère m'en a parlé, Kate avait pris la direction d'une boutique qui existe toujours, Place-Vendôme. Si ma mère vivait encore, elle aurait pu vous en apprendre bien davantage.

Il y eut un bref silence.

— À votre avis, madame Cohen, Kate Sanderson ne dirigerait sans doute plus cette boutique ? dit Patsy.

— Non, bien entendu. J'ai même entendu dire qu'elle n'habitait plus Harrogate.

Meredith laissa échapper un soupir découragé.

– Encore une impasse, murmura-t-elle.

– Attendez ! s'écria Mme Cohen. Je peux téléphoner à Annette Alexander, l'actuelle gérante, c'est une amie. Elle connaît peut-être la nouvelle adresse de Kate.

– Je suis confuse de vous causer tout ce dérangement, dit Meredith. Il n'est que quatre heures, nous pouvons faire un saut là-bas.

– Non, pas du tout, je l'appelle tout de suite.

Mme Cohen obtint la communication, attendit un instant qu'on aille chercher sa correspondante. Après les premières civilités d'usage, elle exposa l'objet de son appel :

– Je sais que Kate vous a quittée il y a plusieurs années, mais connaîtriez-vous sa nouvelle adresse, par hasard ? Ou son numéro de téléphone ?... Vraiment ? Une minute, je demande à mes visiteuses. Mme Alexander m'apprend que votre mère l'a quittée pour se remarier, poursuivit-elle en couvrant le combiné d'une main. Elle ne se rappelle pas le nom de son mari, mais elle voudrait savoir où elle peut vous joindre au cas où il lui reviendrait.

Meredith indiqua le numéro de téléphone de Skell Garth, que Mme Cohen transmit à sa correspondante.

– Ma mère aurait été ravie d'apprendre son mariage, madame Stratton, reprit-elle après avoir raccroché. Elle me disait souvent que Kate avait eu trop de malheurs dans sa vie et qu'elle méritait d'être enfin heureuse.

– Je ne sais comment vous remercier de votre aide, répondit Meredith en se levant.

– C'est la moindre des choses, voyons! Je regrette de n'avoir pu en faire davantage, mais vous pouvez compter sur mon amie Alexander. Je vous garantis qu'elle vous téléphonera dès qu'elle aura retrouvé le nouveau nom de votre mère.

Elles prirent congé. Mme Cohen les raccompagna jusqu'à la porte du magasin.

– Pourquoi n'y avons-nous pas pensé plus tôt? dit Patsy lorsqu'elles se furent éloignées. Elle était jeune et jolie, c'est normal qu'elle se soit remariée.

– Très jolie. Mais j'ai bien peur, maintenant, que nous ne la retrouvions plus, dit Meredith en prenant Patsy par le bras. Encore une impasse.

– Pas du tout, au contraire! protesta Patsy. J'appellerai ma secrétaire dès demain matin pour lui dire d'aller à l'état civil consulter les registres des mariages. Si cette Mme Alexander a oublié le nom du mari, c'est là que nous le découvrirons.

– Crois-tu? demanda Meredith d'un air sceptique.

– J'en suis sûre!... Dis-moi, nous pourrions aller à ce foyer du Dr Barnardo, poursuivit Patsy en hésitant. Ils ont peut-être des documents susceptibles d'éclaircir...

– Non! l'interrompit Meredith avec force. Je connais trop bien ce genre d'endroits, ils se complaisent dans le mystère et ne révèlent jamais rien ! Je n'irai là qu'en désespoir de cause – et encore !

Patsy jugea plus sage de ne pas insister. Sur la route du retour à Ripon, elle s'évertua à parler de choses et d'autres pour détourner les pensées de Meredith de sa mère et des orphelinats.

– Tu sais, dit-elle à un moment en pouffant de rire, nous sommes de vraies sauvages !

– Comment cela ?

– À peine avions-nous découvert qui était Eunice Morgan que nous l'avons bombardée de questions avant de la plaquer sans autre forme de procès. La pauvre femme doit nous prendre pour des folles, nous n'avons même pas fini son entretien d'embauche !

– C'est vrai, je m'en suis rendu compte tout à l'heure. Que penses-tu d'elle ? Nous l'engageons ?

– Je suis pour, elle est la meilleure du lot. Bricker est un snob qui se prend pour un grand artiste et Mme Jones ne ferait pas le poids dans un hôtel comme le nôtre.

– D'accord sur tous les points. Eh bien, engageons Eunice. À l'évidence, elle ne brûle plus les plats comme elle le faisait dans mon enfance ! ajouta Meredith en riant.

Patsy retint de justesse un soupir de soulagement en voyant son amie retrouver sa belle humeur.

Mme Alexander téléphona le lendemain matin.

– Bonjour, madame Stratton. J'espère que je ne vous appelle pas trop tôt ?

– Pas du tout, madame Alexander, nous prenions notre petit déjeuner.

– Je viens de recevoir un renseignement qui devrait vous être utile. Je me creusais vainement la tête hier soir pour chercher le nom du mari de Kate quand je me suis dit que ma sœur le connaissait peut-être, elle travaillait en même temps qu'elle à la boutique. Je l'ai appelée hier soir, mais elle était sortie et elle vient de me téléphoner. Kate s'est mariée avec un certain Nigel Granger ou Grainger, qui était ou est encore vétérinaire à Middleham. C'est peu de chose, je sais, mais j'espère que cela vous aidera.

– Beaucoup, madame Alexander, et je vous en suis très reconnaissante. Une dernière chose : vous rappelez-vous quand Kate Sanderson a cessé de travailler pour vous ?

– Au début des années soixante-dix, mais je ne me souviens pas de la date exacte. Voulez-vous que je la recherche ?

– Merci, cela me suffit amplement. Une fois encore, mille mercis pour votre aide précieuse.

– De rien, chère madame. Et dites bien des choses à Kate de ma part si vous la retrouvez.

– Je n'y manquerai pas.

– Alors ? demanda Patsy quand Meredith eut raccroché.

– Alors, ma mère aurait épousé au début des années soixante-dix un certain Nigel Granger ou Grainger, qui était ou est encore vétérinaire à Middleham.

– Middleham ? Mais c'est la porte à côté ! Un village sur la lande à une demi-heure de Ripon. Tu vois, je t'avais bien dit que je sentais ta mère toute proche.

– Nous n'en savons encore rien, Patsy. Depuis vingt ans, ils ont pu divorcer ou déménager.

– Rien de plus facile que de s'en assurer tout de suite. S'il est toujours vétérinaire, son nom figure dans l'annuaire. Je cours le chercher !

Émue de son dévouement, Meredith suivit Patsy des yeux. Sans elle, elle aurait depuis longtemps abandonné.

– Voilà, je le tiens ! s'écria Patsy en revenant au pas de course. Il s'appelle Grainger et il habite toujours Middleham. L'adresse est Tan Beck House et voici même le numéro de téléphone.

Tout en parlant, elle posa devant Meredith le papier sur lequel elle avait recopié les renseignements. Meredith baissa les yeux vers la feuille, hésita.

– Merci, ma chérie. Mais maintenant que je la sais à quelques kilomètres d'ici, je me sens... bizarre.

– À l'idée de la revoir, tu veux dire ?

– Oui.

– Aurais-tu peur ?

– Eh bien... je crois que oui.

– Je t'accompagnerai, si tu veux.

– Merci, Patsy, mais j'aime mieux y aller seule.

– Tu ne veux pas téléphoner d'abord ?

– Je ne sais pas. En un sens, je préfère me trouver face à face avec elle avant qu'elle sache qui je suis. Si je téléphonais à l'avance, il faudrait que je me lance dans des explications et je ne me sens pas assez sûre de moi.

Patsy réfléchit un instant.

– Oui, Meredith, tu as raison. C'est un sujet trop personnel, il vaut mieux agir comme tu le sens, toi.

24

Ce ne fut pas sans angoisse que Meredith se décida enfin à traverser le jardin de Tan Beck House.

Depuis une demi-heure, elle était à l'entrée du village, assise dans la voiture de Patsy, s'efforçant de rassembler son courage. Mais plus elle attendait, plus elle sentait croître son appréhension. Finalement, au prix d'un effort de toute sa volonté, elle redémarra et alla se ranger près de la grille du jardin.

En mettant pied à terre, elle découvrit la demeure typique d'un notable de village. C'était une belle maison de pierre du siècle passé à l'allure de manoir, entretenue avec soin comme en témoignaient la porte d'entrée et les volets repeints de frais, les rideaux empesés derrière les vitres étincelantes, la pelouse bien tondue où des massifs de fleurs printanières, bordant le cheminement dallé, égayaient le petit jardin.

Debout devant la porte, la main sur le heurtoir de cuivre, Meredith crut que ses nerfs allaient la trahir et mit un moment pour reprendre contenance. Lorsqu'elle frappa enfin, une jeune servante en tablier vint ouvrir et lui demanda ce qu'elle désirait.

– Je voudrais voir Mme Nigel Grainger. Est-elle à la maison ?

– Oui, madame. Vous êtes attendue ?

– Non.

– Qui dois-je annoncer ?

– Mme Stratton, Meredith Stratton. Mme Grainger ne me connaît pas. Dites-lui que je viens de la part d'une amie et que je souhaite lui demander quelques renseignements.

La servante fit entrer Meredith dans un petit vestibule au plancher ciré et revint une minute après.

– Madame est au téléphone, elle vient tout de suite. Si vous voulez bien l'attendre au salon.

Meredith regarda autour d'elle, frappée par l'atmosphère accueillante de la pièce et la simplicité pleine de charme de sa décoration. Par les deux hautes fenêtres, au-delà du jardin, on découvrait la lande et le ciel à perte de vue.

Il y eut un bruit de pas. La porte s'ouvrit et Meredith crut que son cœur allait cesser de battre.

Celle qui lui apparut à contre-jour sur le seuil n'était pas la belle jeune femme aux boucles d'or et aux yeux si bleus qu'elle adorait dans ses rêves d'enfant. Vêtue avec une élégante sobriété, Mme Grainger avait la soixantaine placide d'une bourgeoise de province.

– Madame Stratton ?

– Bonjour, madame Grainger. Vous me pardonnerez mon intrusion, j'espère. Je voulais simplement solliciter votre aide dans mes recherches.

Sur le pas de la porte, Mme Grainger hésita.

– Je ne sais si je puis vous être utile, mais je ferai de mon mieux. Vous êtes américaine, je crois ?

– Oui, de nationalité du moins. Permettez-moi d'entrer tout de suite dans le vif du sujet : je suis à la recherche d'une femme du nom de Kate Sanderson. Selon Mme Alexander, directrice de la boutique Place-Vendôme à Harrogate, vous seriez peut-être cette personne. Est-ce exact ?

– En effet. Je m'appelais Kate Sanderson quand je travaillais dans ce magasin il y a des années, avant mon mariage. Mais puis-je savoir pourquoi vous me recherchez ?

Les nerfs à vif, Meredith ne sut comment lui dire qui elle était. Les mots refusèrent de monter à ses lèvres jusqu'à ce qu'elle parvienne à bredouiller :

– Il s'agit de... C'est au sujet de... de Mari...

Comme frappée en pleine poitrine, Kate Grainger vacilla et dut se retenir au chambranle de la porte.

– Au sujet de Mari ? Que me voulez-vous ? Pourquoi me parlez-vous de Mari ?

– Je... je l'ai connue, madame Grainger.

– Vous avez connu ma Mari ?

Bouleversée, Kate fit un pas en avant. Meredith la vit enfin en pleine lumière. Elle reconnut alors le bleu unique des yeux qui s'emplissaient de larmes, les boucles dont l'or pâli se parsemait de fils gris, la forme familière du visage tant aimé, marqué par le temps mais toujours harmonieux. Oui, c'était bien *elle*, c'était bien sa mère, elle en avait désormais l'intime conviction.

Le cœur serré, Meredith réprima à grand-peine le tremblement qui la saisissait. Tout la poussait à se jeter dans les bras de Kate, à la serrer sur sa poitrine, à la couvrir de baisers – mais elle n'osa pas céder à son élan. Elle avait peur. Peur d'être rejetée. Reniée...

– Vous avez connu ma Mari ? répéta Kate. Parlez-moi d'elle, je vous en prie ! Parlez-moi d'elle.

La gorge nouée, incapable de proférer un son, Meredith ne put qu'acquiescer d'un signe.

– Où avez-vous connu ma petite Mari ? Je vous en prie, madame Stratton, dites-le-moi. Parlez, je vous en supplie.

– En Australie, parvint à répondre Meredith.

– En... *Australie* ? s'exclama Kate, effarée.

– Oui, à Sydney. Elle vous aimait tant, ajouta-t-elle d'une voix à peine audible.

Soudain livide, Kate dut agripper le dossier d'un fauteuil pour ne pas tomber.

– Vous parlez d'elle au passé. Dites-moi, de grâce! Elle n'est pas morte, n'est-ce pas?

– Non, elle est vivante.

– Oh! Dieu soit loué! s'écria Kate avec un profond soupir. Des années et des années, j'ai prié pour elle. Prié Dieu de la sauvegarder. Dites-moi, madame Stratton, je vous en prie, est-ce Mari qui vous envoie? Est-ce elle qui vous a demandé de me retrouver?

– Oui.

– Alors, où est-elle? Où est ma Mari? supplia Kate.

Au comble de l'émotion, elle dévisageait l'inconnue qui lui apportait des nouvelles de sa fille perdue. De sa fille qu'elle aimait de tout son cœur et qu'elle n'espérait plus revoir. Qui était cette femme tombée du ciel?

Meredith fit un pas vers elle. Le désarroi de Kate était trop sincère pour ne pas la bouleverser. Elle-même en plein désarroi, elle chercha vainement les mots pour lui apprendre avec ménagement qui elle était. Son visage était là, tout proche, son regard l'implorait...

Sans même avoir conscience de les prononcer, les mots lui échappèrent:

– Mari, c'est moi, maman. C'est moi.

Un long silence suivit. Kate paraissait assommée.

– Oh! mon Dieu! dit-elle enfin d'une voix brisée. Oh! mon Dieu! Mari. Est-ce vraiment toi? Viens, laisse-moi te regarder, poursuivit-elle en lui prenant la main pour l'entraîner vers la fenêtre. Est-ce bien toi, ma Mari, que je retrouve au bout de tant d'années ? Est-ce vraiment toi, ma chérie ? Oh, Mari ! Tu es revenue. Merci, mon Dieu ! Merci d'avoir exaucé mes prières.

Alors, toutes deux en larmes, elles retrouvèrent au bout de quarante ans le geste naturel d'une mère et de sa fille et tombèrent dans les bras l'une de l'autre.

– J'ai tant attendu ce jour, Mari, dit Kate entre deux sanglots. Je priais Dieu, je Le suppliais. J'avais perdu l'espoir de te revoir un jour.

Longtemps, très longtemps, elles restèrent étroitement enlacées, puisant leur réconfort dans les larmes qu'elles versaient ensemble... larmes de peine sur le passé, sur tant d'années de bonheur perdu... larmes de joie sur le présent qui les réunissait enfin avant qu'il ne soit trop tard.

Assises côte à côte sur un canapé, devant des tasses de thé dans lesquelles aucune ne pensait à tremper les lèvres, elles s'étreignaient les mains et se regardaient dans les yeux avec avidité, chacune cherchant à reconnaître celle dont elle s'était crue à jamais séparée. Dans le regard de Kate, on lisait l'émerveillement d'une mère devant l'enfant à qui elle vient de donner le jour. En un sens, c'était vrai : Mari venait de renaître pour elle ce jour-là.

– Je ne me suis jamais résignée à ta disparition, dit Kate d'un ton qu'assombrissait le souvenir de ses années d'affliction. Je pensais à toi tous les jours, Mari, je me consumais du désir de te tenir dans mes bras.

– Je sais, maman. J'éprouvais les mêmes sentiments, surtout quand j'étais encore toute petite. Je n'ai jamais cessé de me demander ce que tu faisais, où tu étais. Mais je me demandais aussi pourquoi tu m'avais chassée, pourquoi tu ne voulais plus de moi. Je ne l'ai jamais compris. Comment m'as-tu perdue ? demanda-t-elle en s'essuyant les yeux. Comment avons-nous été séparées ?

– Un terrible concours de circonstances, ma chérie. Tout a commencé à ce foyer du Dr Barnardo. Te souviens-tu du jour où tu m'as trouvée évanouie dans la cuisine ?

– Non, pas vraiment. Je comprends juste que je suis partie chercher le constable O'Shea.

– Quand l'ambulance m'a emmenée à l'hôpital de Leeds, il t'a déposée au foyer pour enfants. Je ne le lui ai jamais reproché. Que pouvait-il faire d'autre ? Je n'avais pas de famille. En quittant l'hôpital au bout de six semaines, je t'ai aussitôt reprise avec moi et nous sommes retournées au cottage. Mais près d'un an plus tard, au printemps 1957, je suis retombée malade. Cette fois, c'est moi-même qui t'ai emmenée au foyer du Dr Barnardo. Je n'avais personne d'autre à qui te confier, comprends-tu ? Mon médecin voulait que je passe des examens complets, et c'est là qu'on a découvert que j'avais la tuberculose. Je couvais la maladie depuis des années à mon insu, elle redoublait de violence parce que je me nourrissais mal, j'étais angoissée, surmenée – je n'avais pas la vie facile à cette époque, tu sais. La tuberculose est une maladie extrêmement contagieuse, Mari. Je ne pouvais donc pas te garder près de moi, je t'aurais contaminée. L'hôpital de Leeds m'a envoyée à Killingbeck, où je suis restée en quarantaine pendant les six mois du traitement. Je t'écrivais tous les jours, Mari. As-tu reçu mes lettres ?

– Non, aucune. Pourquoi n'es-tu pas venue me chercher quand tu as été guérie ? demanda Meredith en réprimant une brève flambée de colère.

– Mais je l'ai fait ! Je prenais des antibiotiques, je n'étais plus contagieuse. À peine sortie de l'hôpital, je suis allée au foyer, mais toi tu n'y étais plus. On m'a dit que tu avais été adoptée ! J'étais folle de chagrin et de colère, je n'avais personne pour m'aider, pas de famille, pas d'argent. Je ne savais plus où ni comment te retrouver. Les gens du foyer ne voulaient rien me dire. Partout où je me tournais, je me cognais la tête contre un mur.

Kate dut s'interrompre pour s'essuyer les yeux.

– J'étais impuissante, Mari, désespérée. Ma colère ne m'a jamais quittée – elle m'a rongée des années et brûle encore au fond de mon cœur. Comment pouvais-je me résigner à t'avoir perdue ? Depuis, vois-tu, je n'ai jamais pu être vraiment heureuse ni retrouver la paix. En pensant à toi, j'ai toujours été hantée par l'angoisse. Je me raccrochais à un seul espoir, celui qu'un jour tu éprouves le besoin de revoir ta vraie mère et que tu cherches à me retrouver.

– Personne ne m'avait adoptée! s'écria Meredith. Ils t'ont menti! On m'a mise sur un bateau avec d'autres enfants et on nous a tous envoyés en Australie. Je me suis retrouvée dans un orphelinat à Sydney.

– Un orphelinat? s'exclama Kate, horrifiée. Quelle monstruosité! Qui peut être assez stupide ou assez vicieux pour sortir des enfants d'un orphelinat en Angleterre pour les envoyer à l'autre bout du monde? Et pourquoi, mon Dieu, pourquoi?

Elle dut s'interrompre, le temps de se ressaisir.

– Ils m'ont dit que tu avais été adoptée par une famille honorable et que tu vivais dans une ville de Grande-Bretagne. C'était ma seule consolation. Je te croyais élevée par de braves gens qui t'aimaient, prenaient bien soin de toi. Et maintenant, tu m'apprends que ce n'était pas vrai.

Kate tremblait. Meredith s'efforça de la calmer.

– Oui, j'ai été adoptée, mais à Sydney et à l'âge de huit ans. Les Stratton sont morts deux ans plus tard dans un accident de voiture. Mais ce n'étaient pas des braves gens. La sœur de M. Stratton m'a remise à l'orphelinat.

– Ils n'ont pas abusé de toi, au moins? demanda Kate en serrant la main de Meredith.

– Non. Ils étaient seulement froids, indifférents. Mais dis-moi, si tu n'as pas donné la permission de m'envoyer en Australie, comment a-t-on pu le faire ? Peut-on disposer des enfants sans le consentement de quiconque ?

– Ils l'ont pourtant fait. Tu me crois, n'est-ce pas, Mari ? J'ai l'impression tout à coup que tu me soupçonnes de ne pas te dire la vérité.

– Mais non, maman, je n'en doute pas un instant. Je suis seulement stupéfaite, je ne comprends pas que des choses pareilles puissent se produire.

– Moi non plus, je n'ai jamais compris. Tout cela était pour moi un cauchemar.

Kate lâcha la main de Meredith et se leva pour aller prendre une grande enveloppe dans un secrétaire de l'autre côté de la pièce.

– Il y a quelques années, dit-elle en revenant, j'ai lu dans l'*Observer* des articles qui m'ont remplie d'horreur et de pitié. Ces articles parlaient d'enfants orphelins ou abandonnés envoyés en Australie, où ils étaient placés dans des orphelinats et d'autres institutions. À l'époque, j'ai prié Dieu que tu aies échappé à ce sort. Je m'accrochais toujours à l'idée que tu vivais heureuse en Angleterre avec ta famille adoptive. Et maintenant, je découvre que mes pires cauchemars se sont réalisés. Tu faisais partie de ces malheureux enfants. Tu m'as bien dit la vérité, Mari ? ajouta-t-elle d'une voix étouffée. Ces gens n'ont pas abusé de toi ? Tu n'as pas été victime de sévices ?

– Non, maman, non, je te le jure. Je ne souffrais que moralement, je m'endormais tous les soirs en pleurant tant tu me manquais. J'ai grandi sans amour, sans affection. Et puis, comme nous tous, je devais travailler dur, je n'étais pas bien nourrie. Mais il ne s'agissait pas de sévices à proprement parler. Tout au plus de mauvais traitements.

– Tu ne souffrais *que* moralement! s'écria Kate avec une rage contenue. Ma pauvre petite. Envoyer des enfants à l'autre bout du monde pour les faire travailler comme des forçats! C'est abject, scandaleux!

Kate se rassit près de Meredith, lui tendit l'enveloppe.

– Cette série d'articles était intitulée: «Les enfants perdus de l'Empire». Je les ai gardés, tu les liras si tu veux. Ils te feront dresser les cheveux sur la tête. Mais qu'est-ce que je dis? Tu as vécu, toi, le calvaire que décrivent les journalistes.

– Pourquoi avoir gardé ces articles? s'étonna Meredith.

– Je ne sais pas. Un peu plus tard, la télévision a diffusé un documentaire sur le même sujet. Je l'ai regardé, il m'a laissé une impression d'épouvante.

– Ce Dr Barnardo a donc envoyé des centaines d'enfants en Australie?

– Non, Mari, des milliers, venus d'autres orphelinats, d'autres foyers et d'institutions prétendument charitables.

– Lesquelles, par exemple?

– L'Armée du Salut entre autres, des foyers municipaux, sans parler de dizaines d'autres sous l'égide des Églises. Oui, Mari, même les

Églises ! Tout le monde trempait dans cet infâme trafic.

– Grands dieux ! s'écria Meredith, effarée. Je n'en savais rien ! C'est une affaire monstrueuse !

– Le mot est faible. La plupart de ces malheureux enfants, les garçons surtout, étaient forcés de travailler des journées entières en plein soleil à des travaux épuisants, de terrassement, de maçonnerie. Beaucoup étaient victimes de sévices sexuels de la part de leurs surveillants, souvent même des prêtres ou des pasteurs.

– Mais comment des choses pareilles pouvaient-elles se produire ? Pourquoi le gouvernement n'est-il pas intervenu ?

– Comment aurait-il pu intervenir puisqu'il y participait ? Oui, parfaitement, le gouvernement était au courant et encourageait cette horreur. Quant à ce qu'il infligeait sciemment à nous autres, parents, c'est inqualifiable !

– C'est surtout illégal. Personne n'a donc osé attaquer le gouvernement en justice ? J'ai grande envie de le faire, moi ! Quand je pense à toutes ces années gâchées, à toutes les épreuves que j'ai subies.

– J'ignore s'il y a eu des procès, mais la parution des articles et la diffusion du documentaire ont provoqué un énorme scandale. L'opinion publique a exigé des explications et le gouvernement a tenté d'étouffer l'affaire.

– Mais enfin, pourquoi s'en était-il mêlé ?

– Parce qu'il était facile de peupler les colonies en expédiant des enfants aux quatre coins de l'Empire! répondit Kate avec un ricanement amer. Nous savons maintenant que cela se pratiquait depuis des siècles et s'est même poursuivi jusqu'en 1967.

– C'est ahurissant, abominable!

– Hélas oui, ma chérie! J'ai gardé dans l'enveloppe la coupure du *TV Times* annonçant le documentaire. Le magazine indique les numéros de téléphone des associations d'assistance aux victimes. Je les ai toutes appelées pour demander comment une mère ou un père pouvait retrouver la trace de son enfant. On m'a répondu que, du fait des procédures légales et administratives en vigueur à l'époque, c'était impossible. Il fallait que ce soit l'enfant lui-même qui prenne l'initiative d'entreprendre les recherches.

Épuisée par l'émotion, Kate s'interrompit et dévisagea longuement Meredith. Le silence se prolongea.

– Tu es devenue très belle, ma chérie, dit-elle enfin. Tu ressembles à ma mère. Tu as son visage, ses yeux.

– Je ne me souviens pas d'avoir eu une grand-mère.

– Tu ne l'as pas connue, elle a été tuée pendant la guerre dans un bombardement. C'est mon père qui m'a élevée après avoir été démobilisé. J'avais dix-sept ans quand il est mort à son tour.

– Et mon père, qu'est-il devenu?

– Il est mort lui aussi. Tu avais dix-huit mois quand il nous a abandonnées pour partir au

Canada avec une autre femme. J'ai finalement obtenu le divorce lorsque Nigel m'a demandée en mariage.

– Es-tu heureuse avec lui ?

– Il fait tout pour cela, mais je ne lui simplifie pas la tâche, le pauvre. Le chagrin de t'avoir perdue m'a rendue souvent difficile à vivre. Il est dur, sais-tu, de se voir arracher son enfant de cette manière. J'étais sûre que tu étais en vie quelque part, je brûlais du désir de te voir, de te toucher, de te prendre dans mes bras. Jour et nuit, mon cœur saignait. Pauvre Nigel ! Il a fait preuve d'une patience d'ange. C'est un homme foncièrement bon.

– Et tu n'as pas eu d'enfants avec lui ?

– Non. J'avais trente-huit ans quand j'ai épousé Nigel, c'était un peu tard. J'aurais peut-être dû malgré tout, cela aurait pu m'aider. Nigel était veuf, sa femme était une de mes amies, une femme remarquable en tous points. Quand elle est morte d'une tumeur au cerveau, j'ai aidé Nigel à surmonter l'épreuve. Cinq ans plus tard, il m'a demandé de l'épouser. J'ai élevé ses deux fils. Tout compte fait, j'ai eu un mariage heureux. L'ai-je mérité ? C'est une autre histoire.

– Je suis contente que tu aies trouvé un homme tel que lui. Au fait, je me suis souvent demandé quel âge tu avais à ma naissance ?

– Dix-neuf ans, Mari. J'en aurai soixante-trois l'été prochain. Quand je pense que j'ai vécu toutes ces années sans toi ! dit-elle avec un profond soupir. Comment m'as-tu retrouvée ? T'a-t-il fallu longtemps ?

– Non, du moins à partir du moment où j'ai décidé de chercher. Mais avant que je te l'explique, j'ai encore une question à te poser.

– Demande-moi tout ce que tu veux, ma chérie.

– M'as-tu jamais emmenée à l'abbaye de Fountains ?

– Oui, plusieurs fois. J'aimais beaucoup cet endroit. Pourquoi veux-tu le savoir ?

– S'est-il produit quelque chose de grave ou de pénible pour toi ou moi à l'abbaye ?

– Oui, au printemps 1957, quand je recommençais à me sentir malade. Je t'y avais emmenée pique-niquer, je me suis évanouie et tu as eu très peur parce que nous étions seules. Une fois revenue à moi, nous avons pris l'autocar pour rentrer à Leeds. Cela se passait un dimanche. Ma tuberculose a été diagnostiquée trois jours plus tard.

– Et je ne t'ai jamais revue ensuite ?

– Non, jamais.

Meredith entreprit alors de décrire l'étrange sentiment de déjà-vu éprouvé dans les ruines de l'abbaye.

– Je comprends maintenant pourquoi j'ai senti qu'il s'y était passé un événement tragique. Ce choc a provoqué mes accès de ce que ma psychanalyste appelle de l'asthénie psychosomatique. C'est en fouillant avec elle dans mon passé qu'elle m'a persuadée que je refoulais mes souvenirs.

– Tu refoulais tes souvenirs de moi ?

– Non, pas tous, je me rappelais certains. Mais le fait d'avoir été si brutalement arrachée à ma mère m'a amenée à refouler tout ce qui se rattachait à cette épreuve. Le Dr Benson est parvenue à me remettre sur la voie, mais c'est ma fille Catherine qui a déclenché le souvenir essentiel, celui qui a entraîné tous les autres. Je le crois, du moins.

– Tu as une fille et tu lui as donné le même prénom que moi ? s'exclama Kate avec un sourire heureux.

– Elle a vingt-cinq ans, elle est belle comme le jour, elle a tes yeux et ton caractère. Mais en réalité, je ne savais pas que son prénom était le tien – je l'ai d'ailleurs écrit avec un *C* au lieu d'un *K*. Je devais me souvenir au fond de mon subconscient que tu t'appelais Kate – Katherine.

– Alors, quel est le souvenir qu'elle a déclenché ?

– La semaine dernière, avant mon départ pour Londres, j'étais allée la voir pour parler de l'organisation de son mariage. Pendant que nous prenions le thé, elle a apporté des fraises et m'a dit quelques mots qui, en un éclair, ont réveillé ma mémoire. À ce moment-là, j'ai vu clairement ton visage apparaître, ce visage que j'avais tant aimé, que je rêvais de revoir depuis si longtemps.

Les yeux pleins de larmes, Meredith dut s'interrompre pour chercher son mouchoir.

– Quels mots Catherine a-t-elle prononcés ? demanda Kate dont les yeux s'embuaient aussi.

270

– Des mots très banals : « J'ai une surprise pour toi, maman. Des fraises à la crème. » C'est alors que je t'ai revue m'apporter des fraises dans la cuisine du cottage. Presque aussitôt après, d'autres souvenirs ont afflué. J'en ai retrouvé beaucoup dans l'avion, cette nuit-là.

Meredith se moucha et marqua une pause, le temps de reprendre contenance.

– Je dois d'abord t'expliquer quelque chose, reprit-elle. Je t'ai toujours crue morte, parce qu'on me l'avait affirmé au foyer du Dr Barnardo. Aussi, quand mes souvenirs de toi me revenaient, de plus en plus nombreux et précis, j'en ai parlé à mon amie et associée, Patsy Canton. Elle m'a emmenée au bureau central de l'état civil, à Londres, pour chercher ton certificat de décès parce que j'avais *besoin* de voir, de me recueillir sur ta tombe. J'aspirais à boucler la boucle, à tourner enfin la page. L'absence de certificat signifiait, bien entendu, que tu étais en vie et, comme nous voulions rassembler le plus de renseignements possible, Patsy a eu l'idée de demander mon acte de naissance. C'est lui qui nous a amenées à Armley. Le cottage n'est plus qu'une ruine, un tas de gravats. J'y ai malgré tout découvert combien l'endroit m'était familier. Et c'est là aussi que mes plus chers souvenirs de toi ont refait surface.

– Je suis heureuse, ma chérie, que tu m'aies retrouvée avant qu'il ne soit trop tard.

– Moi aussi, maman.

Kate semblait ne pouvoir se lasser de contempler Meredith.

– Tu ne portes pas d'alliance, remarqua-t-elle. Es-tu divorcée ?

– Oui. Au fait, tu as aussi un petit-fils, Jonathan. Il a vingt et un ans et poursuit des études de droit à Yale. J'ai hâte que tu fasses sa connaissance et celle de Catherine. Je suis très fière d'eux, tu sais. Ils sont aussi réussis l'un que l'autre.

– Deux petits-enfants. C'est merveilleux ! Mais il y a encore une chose que tu ne m'as pas dite : comment as-tu quitté l'Australie pour aller en Amérique ?

– C'est une très longue histoire que je te raconterai plus tard. Après tout, nous avons toute la vie devant nous.

On entendit des pas dans le vestibule. Meredith se tourna vers la porte, où un homme grand et distingué venait d'apparaître et les observait avec curiosité.

Kate se leva d'un bond.

– Nigel ! Dieu a exaucé mes prières, le miracle est accompli ! Ma Mari est enfin là, avec moi !

– Dieu soit loué ! répondit-il en s'approchant, le visage illuminé par l'expression d'un intense soulagement.

Meredith se leva à son tour, lui tendit la main. Il la prit puis, d'un élan instinctif, l'attira sur sa poitrine et l'embrassa.

– Dieu soit loué, répéta-t-il. Kate retrouvera enfin la paix de l'âme.

Meredith s'écarta pour mieux voir le visage de Nigel Grainger – le visage le plus bienveillant, le sourire le plus chaleureux qu'il lui ait jamais été donné de contempler.

– Merci, lui dit-elle. Merci d'avoir si bien veillé sur ma mère pour moi.

Épilogue

DEMAIN

Jonathan manœuvra le zoom de son appareil, ajusta le cadrage, avança d'un pas, recula.

– Regardez-moi, mesdames ! Et souriez, s'il vous plaît. Non, pas comme ça. M'man, rapproche-toi de mamy ! Toi aussi, Cat. Je veux commencer par vous prendre en gros plan.

– Dépêche-toi, bon sang ! s'exclama Cat. J'ai hâte de rejoindre mon beau mari tout neuf !

Impavide, Jon tripota encore quelques boutons et se décida enfin à mitrailler le trio sous divers angles.

– Voilà, j'ai fini ! annonça-t-il quelques minutes plus tard. Ce n'était pas si terrible, Cat ? Mamy aura une série de belles photos à mettre dans son album. Toi aussi, si tu me les demandes gentiment. Trois générations de femmes ! Je n'aurais jamais pu imaginer une chose pareille !

– Je te les demande *gentiment*, dit Cat avec un sourire espiègle, parce qu'elles seront meilleures que celles du photographe professionnel.

– Allez, ouste ! Va rejoindre ton mari ! lui

lança Jon en riant. De toute façon, je ne peux plus rien faire ici, le chaos va régner d'une minute à l'autre avec l'arrivée des bataillons Pearson.

Catherine pouffa de rire et lui fourra sous le nez son alliance toute neuve.

– Surveille tes paroles, sauvage ! Moi aussi j'en fais partie. Merci de m'avoir conduite à l'autel, mon petit frère, dit-elle en l'embrassant affectueusement.

– J'ai bien joué mon rôle ?

– Tu étais parfait ! On aurait cru que tu n'avais fait que cela toute ta vie.

Sur un dernier éclat de rire, Cat partit en courant dans un nuage de tulle et de satin blanc en direction du perron de l'hôtel, où Keith et son père étaient en grande conversation. Jon se tourna vers Kate et Meredith.

– Bravo, m'man ! La cérémonie était un triomphe. Riche idée d'avoir transformé la vieille grange en chapelle. Avec toutes ces tentures et ces fleurs blanches, elle était plus belle qu'une église.

– Merci, mon chéri. J'étais agréablement surprise moi aussi.

– Et moi, émue aux larmes, intervint Kate avec un sourire radieux. Parce que j'ai pleuré, je l'avoue.

– Les femmes pleurent toujours aux mariages, mamy, c'est bien connu. Je suis vraiment content que m'man vous ait retrouvée, ajouta Jon. Vous êtes comme la cerise sur le gâteau.

– Merci de la comparaison, mon cher petit,

dit Kate en éclatant de rire. Elle me va droit au cœur.

– Et maintenant, si vous permettez, je vous abandonne pour aller trinquer avec ces messieurs.

– Quels messieurs ? s'étonna Meredith.

– Luc et Nigel, ils viennent d'arriver.

Sur quoi, il s'éloigna d'une allure désinvolte.

Kate et Meredith restèrent à l'entrée de la salle de restaurant avant l'arrivée des premiers convives. Toutes deux aussi élégantes, Kate en tailleur fuchsia, Meredith en robe de soie gris-bleu, elles se ressemblaient au point que l'observateur le plus distrait ne pouvait ignorer qu'elles étaient mère et fille.

En ce deuxième samedi d'octobre, l'été indien éclatait dans toute sa splendeur. Le ciel était bleu, sans un nuage, le soleil éblouissant. Les arbres arboraient des nuances infinies de rouge et de rose, de rouille et d'or, d'une somptuosité qui défiait la description.

– On n'aurait pu rêver plus belle journée, dit Kate.

– Idéale, renchérit Meredith. Entrons un instant, maman, dit-elle en l'entraînant par le bras à l'intérieur de la pièce. Je voudrais te dire quelque chose.

L'expression de Kate se rembrunit.

– Tu parais si sérieuse, tout à coup. Qu'y a-t-il ?

– Rien du tout. Je voulais juste te remercier de toute l'aide que tu nous as apportée ces quinze derniers jours.

– C'est plutôt moi qui devrais te remercier, Mari!... Je ne pourrai jamais t'appeler autrement, ma chérie, ajouta-t-elle avec une moue dépitée.

– C'est tout naturel, maman.

– Tu sais, je n'y croyais plus. Pouvoir passer tout ce temps avec toi, avec tes enfants. Tu ne sauras jamais ce que cela représente pour moi.

– Oh si! Je suis bien placée pour le savoir.

– Tu nous as gâtés, Nigel et moi. Ce voyage à Paris et dans les châteaux de la Loire. Nous n'étions jamais sortis du Yorkshire jusqu'à ce que tu reparaisses dans ma vie.

Trop émue pour répondre, Meredith l'embrassa sur la joue. Elle avait parfois encore du mal à croire qu'elle avait réussi à retrouver sa mère.

Kate regardait pensivement par la fenêtre.

– Je remercie le Ciel qui t'a amenée ici, à Silver Lake, il y a tant d'années. Cet endroit est si beau. Tu dois avoir un ange gardien qui veille sur toi.

– Je le crois aussi.

– Oui, tu as eu de la chance d'avoir Jack et Amelia dans ta vie, même pour un temps si bref. Ils ont compensé les épreuves que tu avais subies auparavant, Mari. Ils t'ont apporté l'amour et la bonté dont tu avais été si cruellement privée dans cet abominable orphelinat en Australie. Ils t'ont aidée à devenir ce que tu es aujourd'hui.

– Si je ne les avais pas rencontrés, qui sait

dans quel état je serais? Lamentable, peut-être.

– Je ne crois pas. Parce qu'il y a en toi une qualité peu commune, vois-tu. La volonté de survivre, de réussir en dépit de tout.

Meredith prit Kate dans ses bras, l'embrassa.

– Je t'aime, maman, murmura-t-elle.

– Moi aussi je t'aime, Mari chérie.

Les deux femmes retournèrent vers l'entrée de la salle en se tenant par le bras. Juste avant d'arriver à la porte, Kate s'arrêta.

– Ce sera dur pour moi de te quitter, tu sais. Quel dommage que nous vivions si loin l'une de l'autre.

Meredith ne répondit pas.

– Tu m'as dit que je pouvais venir quand je voulais, je sais, reprit Kate. Mais je ne peux pas laisser trop souvent Nigel seul et il ne peut pas non plus m'accompagner à chaque fois, ma chérie. Il doit s'occuper de sa clientèle.

Meredith ne put retenir le sourire qui apparaissait sur ses lèvres.

– Eh bien, vois-tu, je crois qu'en fin de compte nous ne vivrons pas si loin l'une de l'autre.

– Ah?

Meredith s'était tournée vers le hall, où les invités affluaient. Kate suivit la direction de son regard.

– Oui, maman, nous allons nous marier, dit-elle sans quitter Luc des yeux. Et je vais m'installer à Paris. À moins de deux heures d'avion du Yorkshire.

– Oh, ma chérie! Que je suis heureuse pour

toi ! Je t'en félicite de tout mon cœur... Mais tes affaires ? Elles ont pour toi tant d'importance...

— Ici, il ne reste plus que Silver Lake, maman. J'ai vendu l'hôtel du Vermont. Blanche et Pete dirigent la maison depuis des années, ils continueront. Avec nos hôtels en France et en Angleterre, j'aurai largement de quoi m'occuper.

— Je suis enchantée que tu aies pu trouver une solution. Luc est un homme remarquable.

— Il a eu sa part d'épreuves, lui aussi. Nous avons tous deux besoin d'être heureux.

L'arrivée de Luc l'interrompit.

— Depuis que je vous ai vue pour la première fois en juin, dit-il à Kate en la prenant par la taille, l'impression de vous connaître me poursuit. Je viens de découvrir pourquoi : vous me rappelez de manière incroyable celle qui m'a élevé, ma grand-mère Rose. Une femme exceptionnelle – comme vous.

Bien sûr ! pensa Meredith. Elles avaient les mêmes yeux bleus, les mêmes cheveux dorés, la même forme de visage.

— Merci, mon cher Luc, votre compliment me touche. Et je crois comprendre que l'heure des félicitations a sonné. La nouvelle de votre prochain mariage me rend plus heureuse que je ne puis vous le dire.

— Ah ! Je vois que Meredith n'a pas pu tenir sa langue ! dit Luc avec un large sourire.

Un instant plus tard, Kate s'éclipsa et partit à la recherche de Nigel, si heureuse, si fière qu'elle marchait sur un nuage. Qui aurait cru,

se répétait-elle, que sa petite Mari serait devenue une femme aussi accomplie.

Quand ils furent seuls, Luc prit la main de
Meredith.

– Tu parais apaisée aujourd'hui, mon amour.
Te voir ainsi m'emplit de bonheur. Dès l'instant
où je t'ai vue pour la première fois, j'ai eu pour
ambition de chasser la tristesse que je voyais
rôder derrière ces beaux yeux verts, d'effacer
la peine que je sentais ronger ton cœur. Je
crois ne plus avoir à m'en soucier, maintenant.
Retrouver ta mère t'a guérie de tes chagrins.

Meredith rendit à Luc son regard pénétrant.

– Ce n'est pas tout à fait vrai, mon amour. Je
suis guérie en vous ayant trouvés tous les deux,
elle et toi. Grâce à vous deux, je me sens enfin…
complète. Comblée.

– Parce que nous t'aimons, dit-il avec un sourire tendre. On est toujours incomplet sans
amour.

Et se tenant par la taille, étroitement enlacés, ils allèrent se mêler à la foule.

Table

Composition réalisée par INTERLIGNE

Imprimé en France sur Presse Offset par

BRODARD & TAUPIN

GROUPE CPI

La Flèche (Sarthe).
N° d'imprimeur : 16452 – Dépôt légal Éditeur 30231-02/2003
Édition 04
LIBRAIRIE GÉNÉRALE FRANÇAISE - 43, quai de Grenelle - 75015 Paris.
ISBN : 2 - 253 - 14647 - 1